大魚讀品
BIG FISH BOOKS

让日常阅读成为砍向我们内心冰封大海的斧头。

大魚讀品

A
BOOK
MUST
BE
THE
AXE
FOR
THE
FROZEN
SEA
INSIDE
US

所谓书，必须是砍向我们内心冰封大海的斧头

—

卡夫卡

KAFKA

大魚讀品
BIG FISH BOOKS

大鱼读品是磨铁图书旗下优质外国文学出版品牌，名字来自于美国小说家丹尼尔·华莱士的小说《大鱼》。我们认为小说中的大鱼象征着无限的可能性，而文学一直在试图通向无限。

大鱼团队将持续地去发现这个世界精神领域的好东西，通过劳作，锤炼自己，让自己有力，让好作品更好地被传播，从而营养自他，增进自他福祉。

大鱼的读书观、选书观基本可以用卡夫卡的这句话高度概括：所谓书，必须是砍向我们内心冰封大海的斧头。

RACHEL JOYCE

THE UNLIKELY PILGRIMAGE OF HAROLD FRY

一个人的朝圣

[英] 蕾秋·乔伊斯 著 黄妙瑜 译

欧洲首席畅销小说，热销 5 年不衰，入围 2012 年布克文学奖。全球销量过 4,000,000 册，简体中文版销量过 1,500,000 册。

这一年，我们都需要他安静而勇敢的陪伴。

一个人的朝圣（精装版）

[英] 蕾秋·乔伊斯 著 黄妙瑜 译

80 万册精装纪念版，收录作者长篇专访、原版木刻插画、作者给中国读者的信，赠英文别册。

献给每一次对生活的胜利，对悲伤的疗愈，对爱的唤回。

THE LOVE SONG OF MISS QUEENIE HENNESSY

一个人的朝圣 2：奎妮的情歌

[英] 蕾秋·乔伊斯 著 袁田 译

《一个人的朝圣》相伴之作
系列简体中文销量超过 300 万册！
当哈罗德开始旅程的同时，奎妮的旅程也开始了
哈罗德被千万的人爱着，奎妮也一样
这一年，我们都需要她安静而笃定的陪伴

PERFECT

时间停止的那一天

[英] 蕾秋 · 乔伊斯 著 焦晓菊 译

触动万千读者的全球热销书
《一个人的朝圣》作者口碑新作。
别害怕失去生活的勇气，因为它一刻也未曾离开过我们。

THE MUSIC SHOP

奇迹唱片行（2021年新版）

[英] 蕾秋 · 乔伊斯 著 刘晓桦 译

当你静下来聆听，世界就开始变化。
这儿有家唱片行。一家明亮的小小唱片行。
门上没有店名，橱窗内没有展示，店里却塞满了古典乐、摇滚乐、爵士乐、流行乐等各种黑胶唱片。它时常开到深夜。
孤独的、失眠的、伤心的或是无处可去的……形形色色的人来此寻找唱片，或者，寻找自己人生的答案。而老板弗兰克，四十岁，是个熊一般高大温柔的男人。只要告诉他你此刻的心情，或者讲讲你的故事，他总能为你找到最合适的唱片。
一个关于跨越藩篱、不要畏惧未知的疗愈故事，一首跳动着希望和温暖的动人情歌，还有声音那抚慰人心的神奇力量。

A SNOW GARDEN & OTHER STORIES

一千亿种生活

[英] 蕾秋·乔伊斯 著 吕灵芝 译

全球热销书《一个人的朝圣》作者蕾秋 · 乔伊斯
首部不可思议的魔力治愈故事集
我们的相遇不过是一个无比平凡的意外，生活还有一千亿种可能。
致所有独自行走在热闹生活中的你。

KRISTIN HANNAH

THE GREAT ALONE

伟大的孤独

[美] 克莉丝汀·汉娜 著　康学慧 译

小说天后克莉丝汀 · 汉娜《萤火虫小巷》后碾压全球畅销榜的全新作品
爸爸总是告诫蕾妮外面的世界很危险，其实她的家里才是最危险的。
纸书榜、电子书榜、有声书榜，图书馆借阅榜四冠加冕！
你从热闹中失去的，会在孤独中找回来

STUART TURTON

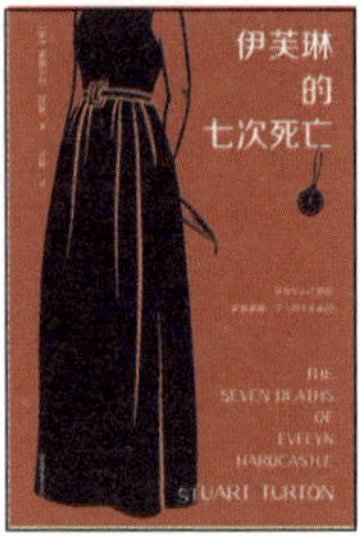

THE SEVEN DEATHS OF EVELYN HARDCASTLE

伊芙琳的七次死亡

[英] 斯图尔特·特顿 著 徐颖 译

每天晚上 11 点，伊芙琳必然死去。
在父母举办的舞会上，伊芙琳 · 哈德卡斯尔将再一次被杀。她已经被谋杀过一次又一次，而每一次，艾登 · 毕肖没能成功拯救她。打破这一循环的唯一方法就是找出凶手。但每天重新开始之时，艾登都会在一个不同的宾客身体中醒来。而且，有人正竭力地让他永远被困在布莱克希思庄园。
推理迷的烧脑盛宴，经典犯罪模式全景呈现。如同翻开推理版《土拨鼠之日》，这本书会带给你前所未有的阅读体验。不到最后，你不会发现真相。

KATARINA BIVALD

LÄSARNA I BROKEN WHEEL REKOMMENDERAR

偷心书店

[瑞典] 卡塔琳娜·碧瓦德　著　康学慧 译

一个属于爱书人的美妙故事。瑞典女孩莎拉和美国人艾美凭借着对书的共同爱好，跨海展开了一段忘年友谊。但当莎拉终于踏上拜访艾美的旅程时，迎接她的，竟是艾美的死讯。古道热肠的小镇居民决定代替艾美接待这位外国客人。小镇生活为莎拉的人生点亮了新的可能，她决定在这偏僻的小镇中开一家书店。因为这家书店，更多奇妙的可能性出现在了她和小镇居民身上。
引发 25 个国家版权争夺战、《纽约时报》畅销书、英国“查理与朱蒂”读书俱乐部选书、美国亚马逊书店推荐书目、美国独立书商协会 Indie Next #1 选书

GREGORY DAVID ROBERTS

SHANTARAM

项塔兰

[澳大利亚] 格里高利·大卫·罗伯兹 著 黄中宪 译

一个文艺大盗的十年流亡，成就一部传奇经典，人生低谷时必读的涤荡心灵之书！

全球畅销 600 万册，发行 122 个版本，被译成 39 种语言

与《权力的游戏》并肩成为澳大利亚监狱被借阅最多的两本书

KATE CHOPIN

THE AWAKENING

觉醒

[美] 凯特·肖邦 著 齐彦婧 译

她一遍遍问自己，什么才是真正的生活？

美国女性文学第一部代表作，因“大逆不道”成为禁书仍再版 100 余次，121 年来长销不衰，被誉为“蒙尘的经典”

因在文学上的卓越贡献，作者故居被评为美国国家历史名胜

作品被选入大学教材，成为美国大学生必读书

作家、资深媒体人郭玉洁 4600 字深入导读

ASLI PERKER

SOUFFLÉ

忧伤的时候，到厨房去

[土] 爱诗乐·沛克 著 韩玲 译

莉莉娅某天醒来发现，她的婚姻可能并不是看上去那么美好；马克仍然无法面对挚爱的妻子离开后空荡荡的公寓；菲尔达深陷在原生家庭的泥淖中。但是他们都只想做的事情是——随着心中还留下的热情走：带着一颗自由的心灵为真正爱的人下厨。

“当他看到季节的更替清晰地反映在农贸市场 里时，才第一次明白整个世界就是一件完整的艺术品。”

纽约，巴黎，伊斯坦布尔。三个城市，三场挫败，三个厨房，一曲人生的舒芙蕾之歌。

FREDRIK BACKMAN

EN MAN SOM HETER OVE

一个叫欧维的男人（决定去死）

[瑞典] 弗雷德里克 · 巴克曼 著　宁蒙 译

北欧小说之神巴克曼公认口碑代表作
全球销量超过 1000 万册 , 豆瓣读者 9.2 超高分推荐
改编电影提名奥斯卡最佳外语片
来，认识一下这个内心柔软，充满恒久爱意的男人

BJÖRNSTAD

熊镇

[瑞典] 弗雷德里克 · 巴克曼 著　郭腾坚 译

全球热销1300万册的瑞典小说之王
弗雷德里克 · 巴克曼
《一个叫欧维的男人决定去死》《外婆的道歉信》《清单人生》之后超越式里程碑新作

读第一遍，有100处细节征服你；
读第二遍，又有100处

我们守护什么，我们就成为什么

VI MOT ER

熊镇 2

[瑞典] 弗雷德里克·巴克曼 著　郭腾坚 译

李银河、吴磊、马天宇、冯唐、李尚龙、七堇年、笛安、陶立夏、柏邦妮书单
不仅关于冰球和运动，更写尽了成长为一个真正的人所面临的一切抉择和思索

我们守护什么，我们就成为什么

FREDRIK BACKMAN

OCH VARJE MORGON BLIR VÄGEN HEM LÄNGRE OCH LÄNGRE

人生第一次

[瑞典] 弗雷德里克 · 巴克曼 著　余小山 译

第一次相遇、第一次告别、第一次陪伴，和第一次的爱
这个奇妙又温柔的故事，让你想起那些和家人、爱人共度的好时光
外面世界的精彩，远不敌眼前人的可爱

MATTIAS EDVARDSSON

EN HELT VANLIG FAMILJ

谎言之家

[瑞典] 马提亚斯·爱德华森 著　郭腾坚 译

在瑞典每 60 人就有 1 人在读的超级畅销书
售出 33 国版权，北欧版《无声告白》
女儿：我们是一个看似普通的家庭，其中隐藏着深不可测的秘密。
父亲：我最深的恐惧就是保护不了我的家人。
母亲：为了我的家庭，我会不择手段。
有时，比起伤人的真相，
我们宁肯选择一个让人舒服的谎言。

공지영

도가니

熔炉：10 周年修订版

[韩] 孔枝泳 著　张琪惠 译

读者票选能代表韩国的第一作家、韩国文学的自尊心
孔枝泳口碑代表作
孔侑念念不忘，亲自投资主演同名电影，位列豆瓣电影 TOP20，9.3 超高分
韩国前总统李明博激赏，李现、朴赞郁、张嘉佳郑重推荐
我们一路奋战，不是为了改变世界，
而是为了不让世界改变我们。

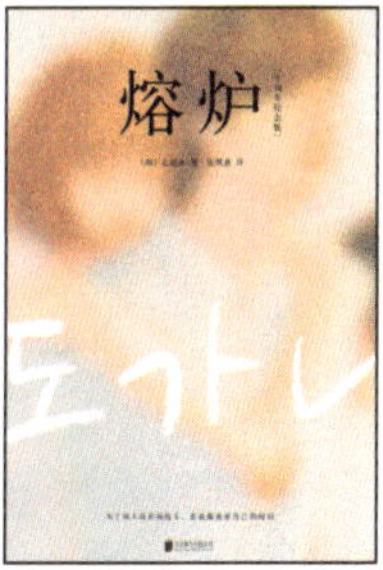

ANTOINE DE SAINT-EXUPÉRY

LE PETIT PRINCE

小王子（中法双语版）

[法] 安托万 · 德 · 圣埃克苏佩里 著　胡博乔 译　卤猫 绘

留在地球上的小王子
卤猫倾心绘制 30 幅插画
翻译家胡博乔原汁原味译自 1946 年法国首版
献给小王子诞生 75 周年

신경숙

엄마를 부탁해

请照顾好我妈妈

[韩] 申京淑 著 薛舟 / 徐丽红 译

她为家人奉献了一生，却没有人了解她是谁。

缔造 300 万册畅销奇迹的韩国文学神话，获第五届英仕曼亚洲文学奖。
作者申京淑为第一位获得此奖的女性作家。
力挫村上春树《1Q84》的唯一韩国小说。

每读一遍都热泪盈眶，真诚的文学饱含永不过时的情感和力量。
读完这本书，我很想给妈妈打个电话，问她：
“妈妈，你也曾有自己的梦想吧？”

WENDELIN VAN DRAANEN

FLIPPED

怦然心动（中英双语版）［美］文德琳·范·德拉安南 著 陈常歌 译

豆瓣130万读者共同认可，
电影原著双语纪念版。
斯人若彩虹，遇上方知有。
韩寒、卢思浩、《中国成语大会》嘉宾郦波教授推荐电影原著小说。

OSAMU DAZAI

美男子と煙草

美男子与香烟

［日］太宰治 著 吴季伦 译

昭和文学不灭的金字塔，永远的少年太宰治，

令人叹为观止的自传体短篇小说 12 篇

收录 导演王家卫钟爱的《美男子与香烟》/ 进入日本高校教材名篇《富岳百景》/ 珍贵绝笔之作《Goodbye》

女生徒

女生徒

［日］太宰治 著 刘子倩 译

三度殉情，最懂女人的男作家**太宰治，**

令日本文坛刮目相看的女性小说杰作 12 篇。

呈现少女心的明亮太宰，理想主义的纯真太宰。

“能目睹《女生徒》这样的作品，是时评家偶然的幸运。”——川端康成

JÓN KALMAN STEFÁNSSON 冰岛三部曲

HIMNARÍKÍ OG HELVÍTI

没有你，什么都不甜蜜

[冰岛] 约恩 · 卡尔曼 · 斯特凡松 著 李静滢 译

冰岛值得阅读的桂冠级诗人小说家，入围 2017 年布克文学奖。
一场大风雪，一个男孩的三天三夜，那个古老迷人的冰岛世界。

HARMUR ENGLANNA

天使的忧伤

[冰岛] 约恩 · 卡尔曼 · 斯特凡松 著 李静滢 译

冰岛桂冠级小说家 ‖ 诺贝尔文学奖实力候选！
英、法、西、德、冰、丹、挪等权威媒体盛赞本书“天堂般美妙”“每一段都像诗”“不可替代的光芒”“美的奇迹”
无尽的风雪、海浪群山，一个男孩和一个邮差的奇异之旅。

HJARTA MANNSINS

世界尽头的写信人

[冰岛] 约恩 · 卡尔曼 · 斯特凡松 著 李静滢 译

当空中有云，海里有帆，鱼群昼夜不停。我想给你写信。
诺奖实力候选人、冰岛桂冠级诗人小说家斯特凡松步入世界文坛代表作，译为 27 种语言。
我们在字里行间纠缠着爱，所以才有了历史。

MARIA SEMPLE

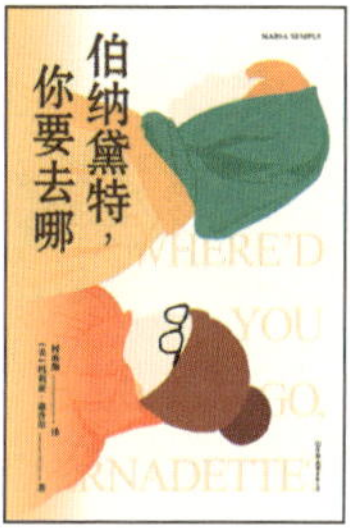

WHERE'D YOU GO, BERNADETTE

伯纳黛特，你要去哪

[美] 玛利亚 · 森普尔 著 何雨珈 译

“大魔王”凯特 · 布兰切特被小说折服，主演同名电影
席卷46国，全球销量超过700万册！
蝉联《纽约时报》畅销榜、美国国家公共电台畅销榜
长达88周Goodreads 超过30万读者打出满分好评，
136家媒体“年度图书”推选！

LEWIS CARROLL

ALICE IN WONDERLAND

爱丽丝漫游奇境（155 周年纪念版）

[英] 刘易斯·卡罗尔 著 [西班牙] 茱莉亚·萨达 绘 里所 译

155 年以前，一只匆忙经过的白兔引起了爱丽丝的好奇心。这个女孩决定跟着兔子跳进洞里展开冒险 155 年了。疯帽先生、红心皇后、柴郡猫这些超现实的人物已经存在 150 年了。

现在，就让我们跟随西班牙桂冠插画师插画家茱莉亚 · 桑卓的全新的画风和天才诗人里所的全新翻译共同重新体验这个我们再熟悉不过的奇幻故事吧！

SOFIA LUNDBERG

DEN RÖDA ADRESSBOKEN

红色地址簿

[瑞典] 苏菲亚 · 伦德伯格 著 华静文 译

自费出版半年内凭借超强口碑卖出 32 国版权，
被 650 万欧洲读者推荐为“一生之书”的惊艳处女作。

人生很长，我们不必孤身一人

NAIV.SUPER.

我是个年轻人，我心情不太好（20 周年纪念版）

[挪威] 阿澜 · 卢 著 宁蒙 译

北欧头号畅销书，挪威版《麦田里的守望者》
被无数读者津津乐道二十年。
给每一个迷茫的孩子和心情不太好的大人。

DOPPLER

我不喜欢人类，我想住进森林

[挪威] 阿澜 · 卢 著 宁蒙 译

北欧头号畅销小说《我是个年轻人，我心情不太好》第二季
被无数读者津津乐道 15 年并畅销不衰，风靡全球 41 国。打动了每一个在现代都市中生活、扮演某种角色，并感到疲倦的人。
逃避不可耻还很有用

L

我的人生空虚，我想干票大的

[挪威] 阿澜·卢 著 宁蒙 译

北欧头号畅销小说《我是个年轻人，我心情不太好》酷丧新作。

哪怕一件事并不科学，也不一定是件坏事。比如说，爱就是不科学的，而做一次注定会失败的尝试，是真的毫无意义吗？

被无数读者津津乐道 20 年并畅销不衰，风靡全球 41 国。打动了每一个在现代都市中感到 emo、年龄焦虑，情绪枯竭，觉得人生没有意义的人们。

DANIEL WALLACE

BIG FISH

大鱼

[美] 丹尼尔 · 华莱士 著　宁蒙 译

出版 20 周年修订典藏版，
豆瓣电影总榜 TOP100 口碑神作原著！
精彩程度不输电影！

不要相信所谓真的，相信你所爱的。

조남주

82 년생 김지영

82 年生的金智英（2021 读者互动版）

[韩] 赵南柱 著 尹嘉玄 译

豆瓣 2019 年年度最受关注图书，《新京报》年度好书，
《新周刊》年度书单
孔刘、郑裕美主演同名电影，郑裕美凭此片荣获影后

愿世间每一个女儿，都可以怀抱更远大、更无限的梦想

2021 新版，编辑部特制作独立附册“觉醒与回响”，
精选 15 封具有代表性、令人触动的信件，这些信件均
获得了读者本人的授权。

한강

채식주의자

素食者

[韩] 韩江 著　胡椒筒 译

亚洲首位国际布克文学奖得主获奖作品
享誉全球的现象级杰作，锐利如刀锋，把整个人类社会
推上靶场。
为了逃避来自丈夫、家庭、社会和人群的暴力，她决定
变成一棵树！

ANNE YOUNGSON

MEET ME AT THE MUSEUM

相约博物馆

[英] 安妮·扬森 著 姚瑶 译

科斯塔图书最佳处女作奖决选作品
英国权威媒体盛赞："如果你今年只读一本书，请读它！"
《一个人的朝圣》作者蕾秋·乔伊斯、《穿条纹睡衣的男孩》作者约翰·伯恩动心推荐
如果《查令十字街 84 号》《一个人的朝圣》《玛丽和马克思》曾让你感动，那你一定不要错过这本书！
每一个看似习惯了孤独的人，心中都燃烧着被人理解的渴望。

PER PETTERSON

UT OG STJAELE HESTER

外出偷马

[挪] 佩尔 · 帕特森 著 余国芳 译

国际 IMPAC 都柏林文学奖获奖作品
痛不痛的事，我们可以自己决定。

LISA GENOVA

EVERY NOTE PLAYED

无声的音符

[美] 莉萨·吉诺瓦 著 姚瑶 译

人如何生活，取决于他认为自己还有多少时间。

第 87 届奥斯卡金像奖获奖影片《依然爱丽丝》原著小说作者、哈佛大学神经学博士莉萨 · 吉诺瓦撼动人心之作！入选 2017 年 goodreads 年度最佳小说，美国亚马逊接近满分好评。

第一本以"渐冻人症"患者为主角的小说，这本书让你重新认识生命。

AUÐUR AVA ÓLAFSDÓTTIR

ÖR

寂静旅馆

[冰岛] 奥杜 · 阿娃 · 奥拉夫斯多蒂 著　黄可 马城 译

荣膺“诺贝尔风向标”2018 年北欧理事会文学大奖

冰岛版《一个叫欧维的男人决定去死》

人人都有自己的仗要打，当我和你在一起的时候，我想变成自己七岁时梦想成为的那种英雄

BRIT BILDØEN

SJU DAGAR I AUGUST

八月七日

[挪威] 布莱特·比尔顿 著　姜佳颖 译

一对夫妇的盛夏七日。暴雨如注后，一定与过去和解。

当代挪威最不容忽视的女作家

2018 年都柏林文学奖入围作品

即使在最亲密的怀抱里，最终也只能独自前行。

武志红

为何家会伤人（百万畅销纪念版）

武志红 著

知名心理学家武志红
从业 25 年来公认口碑代表作！
1,000,000 册畅销纪念版，
中国家庭问题第一书！

家是港湾，爱是退路。

和另一个自己谈谈心

武志红 著

百万级畅销书《为何家会伤人》作者、知名心理学家武志红 2021 温柔新作
4 合 1 便携小开本，提炼从业二十多年来思想精华，随时随地反复阅读

拆解为孤独、自恋、成长、梦想的四本分册，对应人生四大课题。挖掘现象下的潜意识，展现思维盲区，剖析行为背后深层的心理动机。对于刚刚接触心理学，或有自我探索需求的读者很友好，适合作为入门书。

NICHOLAS D. KRISTOF & SHERYL WUDUNN

HALF THE SKY

天空的另一半

[美] 尼可拉斯 · D. 克里斯多夫 雪莉 · 邓恩 著
吴茵茵 译

每一个地球公民的必读书。——比尔 • 盖茨
普利策新闻奖得主讲述女性的绝望与希望。

A PATH APPEARS

走的人多了，就有了路

[美] 尼可拉斯 · D. 克里斯多夫 雪莉 · 邓恩 著
张孝铎 译

普利策新闻奖得主、美国畅销书《天空的另一半》作者重磅新作。
讲述微小个人也能让世界变得更好。
帮助他人所带来的力量，最终也能帮助我们自己。

THOR HEYERDAHL

THE KON-TIKI

孤筏重洋

[挪威] 托尔·海尔达尔 著 吴丽玫 译

诗人海子自杀时随身携带的四本书之一
畅销 70 年，被译介为 156 个版本，全球销量超过 3500 万册！入选联合国《世界记忆名录》，改编电影提名奥斯卡最佳外语片。
木筏横渡太平洋！

JAYSON GREENE

ONCE MORE WE SAW STARS: A MEMOIR

再次仰望星空

[美] 杰森·格林 著 赵文伟 译

每当我想念你，你就无处不在。

在我心中，你是永恒的，就像太阳，或者星空。

一位父亲写给意外离世的两岁女儿的回忆录，诗意语言中爱之深，痛之切，堪称美国版的《妞妞》。

《时代周刊》《魅力 Glamour》《图书馆杂志》2019 年度好书，美国亚马逊 2019 上半年编辑选书。给每一个曾失去至爱的人，将勇气、信念与力量传递给每一位读者，陪伴他们一同走过生命的艰难时刻。

MELINDA GATES

THE MOMENT OF LIFT

女性的时刻

[美] 梅琳达·盖茨 著 齐彦婧 译

比尔·盖茨夫人、《福布斯》权力榜女性领袖梅琳达·盖茨首度出书

比尔·盖茨亲自晒书推荐，入选奥巴马年度书单，巴菲特、奥普拉、马拉拉、艾玛·沃森、杨澜联合推荐！她和她讲述的女性故事，激励每个人摆脱无力感，认识到自身无限潜能；分享全球女性的困境与抗争，分享个人成长经历、微软职业经历、与比尔·盖茨的相恋过程和婚姻生活。

CHERYL STRAYED

WILD

走出荒野

[美] 谢丽尔·斯特雷德 著
靳婷婷 张怀强 译

连续 126 周盘踞《纽约时报》畅销榜！

仅美国就卖出 300 万册！

罕见地横扫 17 项年度图书大奖！版权售出 40 国！

每个人的生命中，都有一片荒野，
需要你自己探出一条路来。

CAITLIN DOUGHTY

SMOKE GETS IN YOUR EYES

好好告别

关于死亡你不敢知道却应该知道的一切

[美] 凯特琳·道蒂 著 崔倩倩 译

媒体力赞：“大开眼界”“一本改变你死亡观的书”“不被道蒂的讲述启发是不可能的”“让你一路笑不停的奇书”！！

我们越了解死亡，就越了解自己。

TAKESHI KITANO

北野武的深夜物语

[日] 北野武 著 李汉庭 译

李现、蔡康永倾心推荐，窦文涛在《圆桌派》与梁文道、许子东热情讨论的话题之书

日本殿堂级导演北野武诚意讨论梦想 、艺术 、文化、生命、专业精神、人生价值等话题。

虽然很辛苦，我还是会选择那种滚烫的人生

TOBIAS WOLFF

THIS BOY'S LIFE

《男孩的生活》

[美] 托拜厄斯 · 沃尔夫 著 方嘉慧 译

与卡佛齐名，回忆录写作的开山之作。
回忆录经典之作，首次中文出版。

这是一部，关于一个男孩，在暗淡的青春期如何自救，从而走向广阔天地的回忆录，每个人在那时所喷薄的勇气，都将馈赠其一生。

英国亚马逊心理学畅销排行榜 TOP 1

吴晓乐

可是我偏偏不喜欢

吴晓乐 著

也许他们说的都是对的，也许符合标准的人生都是很好很好的——可是我偏偏不喜欢

《你的孩子不是你的孩子》作者吴晓乐非虚构力作，
关于性别、成长、职业选择、梦想、与家人关系等主题的 21 篇犀利随笔。
献给和社会格格不入的你。

你的孩子不是你的孩子

吴晓乐 著

一位家庭教师长达八年的观察，九个震撼人心的真实家庭故事。
数月雄踞博客来总榜 No.1，同名网剧被称为“中国台湾版《黑镜》”。
这世间最可怕的伤害，打的旗号叫“为你好”

万叶集

钱稻孙 译　宋再新、宋方洁 整理

川端康成、夏目漱石、新海诚频频引用，日本版《诗经》
日本古典文学翻译家钱稻孙先生演绎华美译本
中国日本文学研究会理事宋再新教授汇编整理并作专文导读
全新选编，华美译本、雅致典藏
如果只读一本日本文学，首推《万叶集》

YATARO MATSUURA

くらしのきほん　100 の実践

生活的 100 个基本：过好恒常如新的每一天

［日］松浦弥太郎 著　冷婷 译

松浦弥太郎作品中王牌里的王牌。
100 个简单、亲和的基本生活实操箴言，
帮你找回人生秩序感，过好恒常如新的每一天。

—임홍택—

90 년생이 온다

90 后来了：当 90 后成为社会中坚力量

[韩] 林洪泽 著 叶蕾蕾 译

权威和控制不再有效，因为这是全新的、不驯服的一代

韩国总统文在寅推荐青瓦台职员必读书

韩国书店联合会 2019 年年度图书

第一本研究 90 后一代思维方式、价值观、消费习惯的现象级畅销书。

90 后一代中，很多人已步入 30 岁。他们逐渐成为中坚力量，以特有的简单、有趣和率真改变着周围的世界。本书以轻快的文字风格、丰富的个案调查、统计数据、文化理论、社会背景分析，深入研究韩国的 90 后一代。他们身上，体现的是东亚 90 后一代青年共通的特性。

—VIVIAN MAIER—

VIVIAN MAIER: STREET PHOTOGRAPHER

我是这个世界的间谍：薇薇安·迈尔街拍精选摄影集

VIVIAN MAIER: SELF-PORTRAITS

我与这个世界的距离：薇薇安·迈尔自拍精选摄影集

[美] 薇薇安 · 迈尔 摄　约翰 · 马卢夫 编

“她用孤独隐秘的一生，服事了影像的光辉与不朽。”

街头摄影界的凡 · 高　传奇保姆摄影师薇薇安 · 迈尔
隐没 60 年作品　精装、大开本首度原版呈现。

“这些是她最棒的一些照片，也许也是她留下的作品中最有启发性的了。”——《洛杉矶时报》

出 品 人｜沈浩波
产品经理｜任菲 汪欣 陈雷 刘佳玥 史文轩
营销编辑｜叶梦瑶 徐幸
书目设计｜付诗意 沐希设计 拾拾
主　　编｜冯倩
版权支持｜程欣

豆瓣账号｜大鱼读品
联系邮箱｜bigfishbooks@xiron.net.cn
地　　址｜北京市西城区德外大街 83 号德胜国际中心 B 座 10 层

微信公众号
大鱼读品 BigFish

微博
大鱼读品 BigFish

The Secret Life of Walter Mitty

白日梦想家

[美] 詹姆斯·格鲁佛·瑟伯————著
徐昊————译

浙江教育出版社·杭州

目录
Contents

与詹姆斯·格鲁佛·瑟伯相交六十载

My Sixty Years with James Thurber

其实，我与瑟伯相识的年头准确来说并非六十年，毕竟他才过完第六十二个生日，不过本书的出版商认为，放在这样一本大部头的引言标题当中，“六十”听起来比“六十二”更有气势，对此我也懒得多做争辩了。

那是 1894 年的一个夜晚，夜黑风高，预示着有事要发生。就在俄亥俄州，哥伦布市，帕森斯大道的 147 号，詹姆斯·格鲁佛·瑟伯出世了。当时那栋房子还依然健在，不过上面既没有碑额，也没有牌匾做任何标示，也从来不曾有谁指给游客观瞻。有一次瑟伯的妈妈路过此地，身边刚好有人同行，便对同行的那位从俄亥俄州福斯托里亚市过来的老太太说：“我儿子詹姆斯就是在那栋房子里出生的。”结果，这位老太太耳朵背得要命，打岔道：“嗯，如果我姐姐的情况没有恶化，就搭星期二早上的火车。”瑟伯太太只得就此打住。

婴儿瑟伯是经一位年纪颇大的接生婆之手来到这世上的，她名叫玛杰里·奥尔布赖特。南北战争爆发之前，左邻右舍的女人生孩子就多半托赖她去接生。当然，他当时年纪还太轻，那种古意又家常的氛围没怎么影响到他。有一次他还曾委婉——在我看来——有些词不达意地提过：“柯里尔和艾夫斯的平版印刷画，或泛黄的钢板雕刻画，触动着，也守候着我泪之谷的闸门。”他早年间的事，流传得并不广泛，我仅知道他两岁会走，四岁时已经可以整句整句地表达自己的意思了。

瑟伯的青少年时期，也就是 1900 年到 1913 年这段时间，相当乏善可陈。我觉得大可不必花太多时间赘述。他生命的这一段没有什么非得追溯不可的人物和轨迹。即使当年的他对自己的未来有了明确的规划，如今回忆起来也不曾有什么迹象。这段时间，他走路时常是一跤跟着一跤，因为他当时在行走这件事上遇到了点儿小麻烦。他总没完没了地校正金边眼镜，这令他显得仿佛一直听到有人在叫他，却找不到叫他的人在哪里。由于眼镜没有调好焦，他看东西时不是每只眼各成一个像，而是两只眼共成一个半像。因而，他眼中的四轮马车并非有八只轮子，而是六只。至于他是如何不让这两只多余的轮子在工作时碍事的，我就无从得知了。

瑟伯这人的人生没什么章法可循，害得传记作家无从入手，也难怪他们上火。他是明明说好要到这儿，结果却去了那儿的那种人，令人无比头痛。例如他的画作，往往完成后你才发现，他要表达的完全不是他起笔时仿佛要表达的那个意思，而是另辟了蹊径。

瑟伯自画像

至于写作，我觉得则是另一回事。他的那些文章你只管顺着开头读下去，总会在你意想不到的地方戛然而止。但是你若从最后一行开始倒着读，就会发现他的故事的确环环相扣。在我看来，这足以证明，那些故事是一个字一个字地写出来的，而非像画作那样，突然凭空蹦出来。

瑟伯初试啼声的作品是一首所谓的诗，题为《我的姨妈约翰·T.塞维奇太太那座位于俄亥俄州哥伦布市南五街 185 号的花园》。这首诗本不值一提，也没什么出众之处，唯其在一定程度上彰显了此人对名称及数字令人咋舌的记忆力。时至今日，他仍说得出四年级时他所有同学的名字。他也还记得高中时好几位死党的电话号码。他把所有朋友的生日都记在心里，而且说得出他们每个人的每个孩子受洗的日期。他还能一口气说出 1907 年哥伦布市第一卫理公会教堂露天集会所有参与者的名字。这些杂七杂八没什么用的精准信息也许他工作时的确用得上，至于用在了哪里，我也说不出什么门道来。

至此，我发现竟然已经没有什么可说的了，我也感到有点意外。瑟伯基本上还是老样子，只是走得慢了点儿，回的信少了点儿，能承受的动静也越发要轻一点儿。这么多年来，他不断从康涅狄格的一个小镇搬到另一个小镇，看似莫名其妙，但他只是为了寻找心中的那个桃花源。终于，他明白了自己想要的是什么——一栋配备了所有现代化便利设施的殖民时期的老房子，周围环绕着榆树和枫树，俯瞰着山谷。他打算好好享受这里的生活：闲来读一读《哈克贝利·费恩历险记》；养几条贵宾犬；建个酒窖；玩一玩法式滚木球；还有，和三五好友聊聊天，他也不知这班朋友为何没有弃他而去，毕竟他人到中年之后脾气就变得有点儿古怪了。

本书摘选了这位老伙计早年间的一些文章及画作，粗略地算算，约莫是从林德伯格飞越大西洋那年开始，到咖啡限量供应那天结束的这段时间。他谨将此书献给他的各位读者，并由衷地致以最美好的祝愿，愿他们迎来一个幸福的新世界。

詹姆斯·格鲁佛·瑟伯

1957 年 9 月 1 日

142 次列车上的女士

The Lady on 142

列车要晚点二十分钟，我们买票时才知道，只得坐在康沃尔桥车站小候车室的长椅上枯等。室外太阳毒得要命。盛夏的这个星期六一早便沉着脸，而此刻，到了下午三点钟，它更是黏答答地窝进我们怀里，却又一刻也不安分。

除了我和席尔维娅，还有几个人在等这班打匹茨菲尔德开来的火车。一位拿《每日新闻》扇风的黑人女性；一位二十出头，正在读书的年轻女士；还有一位瘦削、晒得黝黑的男人，迷迷糊糊地吸着压根儿就没点燃的烟斗。候车室中央，一个小女孩靠在高高的暖气片上，正依次打量我们，她张着嘴，仿佛从没见过这么些生人。这地方散发着一股熟悉、悦人的气味，木头混着皮革的味道还飘着烟味儿，全国各地的火车站都是这个味儿。售票窗口后面那逼仄的一块地方，电报机间或嗒嗒响上几声，电话铃也响起一两次，站长接起来答了几句，听不清他说了什么。

这样的天气，我们离盖洛斯维尔只有短短的三站地，不过二十二分钟车程，真是万幸。站长说，我们这两张是他卖出的头一份到盖洛斯维尔的票子。我无可无不可地品味着这份小小的殊荣，这时远处传来了火车汽笛声。大伙儿纷纷站起身，然而站长从他的小鸽笼里钻出来，说那不是我们要乘的车，而是十二点四十五自纽约北上的班次。不一会儿，这趟列车就像挟着雷的飓风般呼啸而来，又粗声笨气地停下。站长走上月台，过了一两分钟，他回来了。列车也拖着沉重的身躯重新上路，驶往迦南。

再次听到站长通电话时，我正拆着一包香烟。这一次，他的声音清晰地传了过来。他不断重复一句话："142 次列车的售票员里根已经控制住了上头要找的那位女士。"电话另一头的人似乎听不懂这句话。站长重复一次之后挂断了电话。不知怎的，我觉得他其实也一头雾水。

席尔维娅陷入思索的迷茫眼神，就和她死活想不起把装饰圣诞树的小挂件收到哪个盒子里去了时一模一样。黑人女性、年轻小姐和叼着烟斗的男人都还是原来那副表情，盯着我们的小女孩却不见了。

再过五分钟我们的车怕是也来不了，我于是坐下，开始试着勾勒那位142次列车上的女士，那位售票员里根要盯住的女士，那位上头要找的女士。我挪到席尔维娅耳边，轻声说：“看看你那份列车时刻表上有没有班次。”她从随身包包里拿出时刻表，看了看。“142次，”她说，“十二点四十五从纽约发车。”正是几分钟前开走的那趟车。“那个女人恐怕病了，”席尔维娅说，“他们可能打算给她找个大夫，或让家里人来接她。”

黑人女性瞄了她一眼，那位年轻小姐嘴里的口香糖也忘了嚼，叼烟斗的男人似是毫无所动。我点着一支烟，坐着思忖。“142次列车上的女士，”我最后对席尔维娅说，“发生了什么事都有可能，就是绝对没有生病。”唯一没有盯过来的只有叼烟斗的男人。席尔维娅朝我露出那副“去量量体温吧”的表情，说不出是焦虑多一点，还是愠怒多一点。就在此时，传来一阵汽笛声，我们要乘的那趟车来了，大家纷纷站起身。我俩的包归我拎，席尔维娅则拎着我们摘来的给康奈尔家的那袋四季豆。

列车咣哧咣哧驶进站时，我贴在席尔维娅耳根说：“他一准儿坐在我们附近。不信你看。”“谁？你说谁？”她说。“那个陌生人，”我对她说，“叼着烟斗的那个男人。”

席尔维娅一哂。“他不是什么陌生人，”她说，“他在布里氏公司上班。”我很确定他不是。女人就爱张冠李戴，无论哪个陌生人都会令她们想起那个谁谁谁来。

我们坐定后发现，那个叼烟斗的男人就坐在过道对面，往前数三排的位置。我用下巴指指他。席尔维娅取出放在旅行袋最外侧的书，打开来。“你怎么回事？”她问道。我回应之前先四下打量了一番。坐在我们对面的一男一女昏昏欲睡。我们前排座位上的两位中年妇女正在讨论她们其中一位憩室发炎那次引起的剧烈腹痛。我们身后落座的是一位深色眼睛的苗条姑娘。她独身一人。

“女人的问题，”我这才开口，“在于什么事都爱往疾病上扯。要我说，如果不是杰弗逊夫人想一出是一出，说丈夫发烧了，要他卧床休息，独立日恐怕就是五月十二日，甚至四月十六日了。”

席尔维娅翻到了她读到的那一页。“你这理论我们早讨论几百回了，”她说，“142 次列车上的女人怎么就不能是病了？”

很简单。我告诉她。“售票员里根，”我说，“在康沃尔桥下车，和站长说话来着。他说，‘我已经控制住上头要找的那个女人了。’”

席尔维娅插嘴：“他说的是‘女士’。”

我发出那种总是让她气恼的笑声。“售票员张口闭口都是‘女士’。”我辩解，“听我说，要是车上哪个女人生了病，里根会说，‘本次列车上有个女人病了，请通知上头。’实情想必是这样，里根在肯特到康沃尔桥路段发现了上头要找的那个女人。”

席尔维娅摊着书，抬起头来。“也许她上车之前就病了，上头很关切。”席尔维娅说。她看问题还是太表面。

“如果上头知道她在车上，”我耐着性子说，“他们就不会让里根报告有没有找到她，而是在她上车之时就通知里根了。”席尔维娅又开始闷着头读书了。

“咱们别去掺和，”她说，“又不关我们的事。”

我到处翻也没找到我的芝兰口香糖。“这件事可能和每个人息息相关，”我说，“每个爱国者。”

“我懂，我懂，”席尔维娅说，“你觉得她是间谍。好吧，我还是觉得她生病了。”

我不跟她计较。“铁路网内每一位售票员都收到了寻找她的指令，”我说，“里根找到了她。她要见的不会是她的家人，而是联邦调查局。”

“或是物价管理局，”席尔维娅说，“希区柯克那一套不会在纽约、纽黑文或哈特福德上演的。”

我看到售票员从车厢另一头过来。“我要告诉那位售票员，”我说，“142 次列车上的里根找到那个女人了。”

“不行，你不许去，”席尔维娅说，“不许你把我们搅和进这团乱子里。再说，他恐怕早知道了。”

这位矮壮结实、银白头发的售票员也不说话，接过我们的车票。他的样子有点像随和版的伊克斯[1]。我直到他走都只字未提142 次列车上的女人，席尔维娅僵直的身体这才放松下来。“看他面相就知道他肯定知道马耳他之鹰[2]藏在哪儿，是不是？”席

1　哈罗德·伊克斯（Harold Ickes，1874—1952），美国前内政部长。——译者注（如无特殊说明本书中注释均为译者注）

2 《马耳他之鹰》是华纳兄弟影片公司出品的剧情片，由约翰·休斯顿执导，亨弗莱·鲍嘉、玛丽·阿斯特等主演，于 1941 年 10 月 18 日在美国上映。“马耳他之鹰”是剧中一件无价之宝的名字。

尔维娅笑着说，有意惹我不爽。

“然而，”我指出，“就在刚才，你亲口说的，他也许早知道142次列车上那个女人的事。如果她只是生病，他们又何必告诉这趟车上的售票员？除非她被捕的消息板上钉钉了，我才能睡得安稳点。”

席尔维娅像没听到我说话一样，埋首在书里。我头靠着椅背，闭上了眼睛。

火车缓缓停下，发出刺耳的声音，列车司闸嚷嚷着：“肯特站！肯特站！”一阵凉意印在我的肩膀上。“哎呀，”坐在我后面的那个女人说，“我的《皇冠》杂志掉到你的座位下面了。”她凑过来，压低的声音异常冷酷。“下车吧，先生。”她说。

“我们要去盖洛斯维尔。”我说。

“您和尊夫人要在这儿下车，先生。”她说。

我去拿放在架子上的行李箱。“你想干什么，看在上帝的分儿上？”席尔维娅问。

“我们在这儿下车。”我对她说。

“你难道真的疯了？”她说，“这才到肯特。”

“快点儿，姐妹，”那个女人说，“你拿着旅行袋和豆子。你拿那只大包，先生。”

席尔维娅火冒三丈。“我就知道你会害我们卷进来，”她冲我说，“扯着嗓门儿嚷嚷什么间谍不间谍的。”

这话我就不爱听了。“间谍是你说的，”我和她讲，“不是我。”

“是你说个没完没了。”席尔维娅说。

“快点儿，下车，你们俩都是。”那个冷酷无情的声音说。

我们下了车。我趁扶席尔维娅下台阶的工夫对她说：“我们知道得太多了。”

“噢，闭嘴吧。”她说。

我们走了没几步，不远处，停着一辆黑色的加长型豪华轿车。驾驶位上是一位大块头的外国人，他长了一对小眼睛，嘴唇透着残忍。一见着我们，他便拉下脸来。“头儿不许任何人过企[1]。”他说。

“没事的，卡尔。”那个女人说。“进去。”她又对我们说。我们钻进后座。她坐在我们中间，手里握着枪。那是一把镶嵌

1　该角色说话带有明显口音。

着宝石的、漂亮的掌心雷。

“爱丽丝还在盖洛斯维尔站等我们呢，”席尔维娅说，“顶着这么大的太阳。”

白杨夹道的车道尽头，是一栋狭长而凌乱的低矮建筑。“别管你们那些包了。”那个女人说。席尔维娅只来得及拿了四季豆和她的书，我们就下了车。两只巨大的獒犬从露台上跳下来狂吠。“走开，玛塔！”那个女人说，“走开，佩德罗！”它们悻悻地走开，却依旧在低狺。

我们被带到一间宽敞、漂亮的客厅，我紧挨着席尔维娅挤到同一张沙发上。一个高大的男人懒洋洋地瘫坐在我们对面的椅子里，他眼皮耷拉着，那双黑色眼睛半明半晦，手指修长而灵活。另有一个瘦小的年轻男人靠在我们进来的那扇门上，手插在大衣口袋里，半含的香烟悬悬地粘在下嘴唇上。他面色阴沉，气色也不太好，半睁不睁的小眼睛漠不关心地盯住我们。房间的角落里，一个矮胖、黝黑的男人扳着无线电的表盘玩。那个女人用一支长烟嘴吸着烟，走来走去。

“哟，盖尔，”懒洋洋的男人把声音放得软软的，“是哪阵风把这两位不速之客吹来的？”

盖尔依然踱着步。“珊卓落到他们手里了。”她终于说。

懒洋洋的男人面不改色。“珊卓落到谁手里了，盖尔？”他柔声问。

“142 次列车的里根。”盖尔说。

那个矮墩墩的黑脸胖汉弹起来。“埃及一及说杀鸟辣个里根！”他嚷道，“埃及一及说崩掉辣个里根！”

懒洋洋的男人没有看他。“坐下，埃及。”他淡淡地说。矮个儿胖汉坐下来。盖尔接着说。

“这个小王八蛋嘴上没个把门儿的，”她说，“他很精明。”我看向靠在门上的那个男人。

“她说的是你。”席尔维娅说完，笑了一声。

“那婆娘很蠢，”盖尔接着说，“她认为列车上的女士是病了。”

我大笑。“她说的是你。”我对席尔维娅说。

“这小王八蛋满车厢地穷嚷嚷，”盖尔说，“我不得不把他们带回来。”

席尔维娅想起放在腿上的四季豆，开始掰掉豆荚头尾，然后撕下筋络。“哎呀呀，亲爱的女士，”懒洋洋的男人说，“这金是好有家常味道的小发椒呀。”

“啥是发椒？”埃及问。

“是花招。”我对他说。

盖尔捡了张椅子坐下。“派谁做掉他们？”她问。

“弗莱迪。”懒洋洋的男人说。埃及又跳起脚来。

“不行！不行！”他嚷嚷道，“辣个小王瓜蛋不行！上次辣漏、七个银就是辣个小王瓜蛋崩掉的！”

懒洋洋的男人看向他。埃及脸色煞白地坐下来。

“我以为你才是小王八蛋。”席尔维娅说。我冷冷地看着她。

“我想起在哪里见过你了，”我对那个懒洋洋的男人说，“1927 年，在萨格勒布。蒂尔登[1]直落三盘，三个六比零，打得你毫无还手之力。”

那男人眼中闪过一道光。“我想我得亲手崩掉介个男的。”他说。

弗莱迪走过去，递给懒洋洋的男人一把自动式手枪。就在此时，弗莱迪刚刚靠着的门突然被撞开，叼着烟斗的男人冲了

1 比尔·蒂尔登（Bill Tilden，1893—1953），美国前著名网球运动员。

进来，喊道：“盖尔！盖尔！盖尔！”……

“盖洛斯维尔！盖洛斯维尔！”列车司闸扯开嗓门儿。席尔维娅晃着我的胳膊。“别哼唧了，”她说，“大家都看着你呢。”我拿了块手帕揩揩额头。“动作快点儿！”席尔维娅说，“这站就停一会儿。”我将几只包拽下来，和她一起下了车。

“四季豆你拿了吗？”我问席尔维娅。

爱丽丝·康奈尔来接我们。开车回她家的路上，席尔维娅就和爱丽丝说起142次列车上的女人。我一声不吭。

“他认为那女人是个间谍。”席尔维娅说。

她们哈哈大笑。“她可能上车后病了，”爱丽丝说，“他们也许给她找了位医生，安排在车站给她看病。”

“我就是这么和他说的。”席尔维娅说。

我点燃一支香烟。“142次列车上的女士，”我坚定地说，“绝对不是生病了。”

“哦，天啊，”席尔维娅说，“又来了。”

猫鹊的席位

The Catbird Seat

星期一晚上，马丁先生在百老汇生意最好的雪茄店里买了包骆驼牌香烟。戏马上要开演了，店里有七八位男士急等着买烟。马丁先生把烟装进大衣口袋走出去，店员连瞥都没瞥他一眼。要是给 F & S 公司的人看到他买烟，准会大吃一惊，差不多人人都知道马丁先生不抽烟，从来不抽。谁也没见过他抽烟。

从马丁先生决定除掉阿尔金·巴洛斯太太那天起，到今天刚好一个礼拜。他喜欢“除掉”这个词，听起来顶多是订正一个错误而已——这一次，是菲特韦勒先生犯的一个错。制订出计划之后，过去的这个星期，马丁先生每天晚上都在反复琢磨。趁着回家这段路，他又在脑海里捋了一遍。这件事的全部流程其实已经在他脑海中排演过了上百次，中间依然存在一些不确定的因素、不保险的臆测，令他耿耿于怀。这个计划堪称大胆，有很大的随机性，风险相当大。逻辑链条上的任何一环都有可能出岔子。而此计的妙处正在这里。任谁都不会相信，F & S 公司里克勤克谨的档案室主管——埃尔温·马丁会出差错，菲特韦勒先生曾有一次说过，“人人都会犯错，但马丁不会。”他不会给任何人留下把柄，除非被抓个正着。

马丁先生坐在公寓里，喝着牛奶，回忆起他和阿尔金·巴洛斯太太的过节，过去这七天每一晚他都是这样过来的。还是从头开始说吧。1941 年 3 月 7 日（马丁先生对日期很敏感），从这天起 F & S 公司就沦陷在她的淫威之下了，她鸭子似的嗓音，驴子叫一样的笑声在每一条走廊回荡。人事主管老罗伯茨把她介绍给大伙儿时，称她是董事长菲特韦勒先生新上任的特别顾问。马丁先生当时就蒙了，但他没让别人看出来。他一副一直沉浸在工作中的勤勉样子，朝她腼腆地笑笑，握手时手心也没有捏着汗。“哎，”她看着他桌上的堆积如山的文件说，“你这是要把牛车从沟里拉出来吗？”马丁先生想到这里，牛奶也忘了喝，不自在地欠了欠身。他必须把重点放在她作为特别顾问不适任的重大问题上，而不是个人私德的小瑕疵。他告诫自己不要去想，但这也太强人所难了。这个女人一身毛病，实在没有个女人样，一想到她，他脑袋里就像有个失控的目击证人般只想一吐为快。她已经折磨他快两年了。走廊、电梯，甚至他自己的办公室里都不清净，她就像马戏团的马一样四处乱窜，总是扯着嗓子，拿些愚蠢的问题来烦他。“你是要把牛车从沟里拉出来吗？你是在翻土种豌豆吗？你以为吼几声倾盆大雨就会落下来吗？你是在刮咸菜桶的桶底吗？你坐在猫鹊的席位上吗？”

多亏了马丁先生有两名助理，叫乔伊·哈特的那位刚好听得懂她的那些胡言乱语，于是帮他解释了一番。“她肯定是道奇队的球迷，”她说，“她说的这几句都是名嘴巴伯在电台解说道奇队的比赛时提过的，是南方传过来的说法。”乔伊又往细里说了两句。“翻土种豌豆”是横冲直撞的意思，“坐在猫鹊的席位上”是处于有利形势时——比如击球手还没挥棒呢，对手就接连投出三个坏球。马丁先生用力甩开这些细枝末节。这些事烦人归烦人，也确实逼得他快发疯了，但他是个心智成熟的男人，不会因为这种小事轻易动了杀机。幸好他忍了下来，如今到了要宣判阿尔金·巴洛斯太太严重罪行的时刻了，他发现自己还算安然无恙。他一直表现得非常礼貌、克制。有一次，他的另一位助理佩尔德小姐对他说："啊，我还以为你挺喜欢那个女人呢。"对此他只是笑笑。

马丁先生脑海中的小法槌敲了一下，审判继续。阿尔金·巴洛斯太太的罪名是，公然、故意、持续试图破坏 F & S 公司的体系，并拖垮工作效率。证据充分、确实，逻辑严密，昭示她自入职到掌权每一阶段的罪行。佩尔德小姐就相当于马丁先生的线人，似乎什么事都瞒不过她。据她说，巴洛斯太太是在一次聚会上认识了菲特韦勒先生，当时某个孔武有力的醉汉认错了人，把 F & S 公司的董事长当成某位著名的中西部橄榄球队退了休的教练，将他一把抱住，是她把人救了出来，并把他带到了沙发上。不知怎的，她成功给他灌下了迷魂汤。老人家凭空断定她天赋异禀，能够激发出公司及他本人的全部潜能。一个星期后，他把她带到公司，成了他的特别顾问。从那天起，公司就乱了套。泰森小姐、布伦戴奇先生、巴利特先生相继被炒了鱿鱼；门森先生拿了帽子就走，辞呈随后寄到，老罗伯茨壮着胆子告诉了菲特韦勒先生。他说门森先生的部门有点"四分五裂"了，要不先恢复原有的工作体系？菲特韦勒先生拒绝得很干脆。他对巴洛斯太太的安排深信不疑。"只是需要点儿时间，多一点儿时间，仅此而已。”他补充一句。最终还是罗伯茨先生让了步。马丁先生巨细靡遗地回顾了一番巴洛斯太太带来的所有变革，开始只是一些边边角角的或削或补，现在她居然要举起镐头对这栋大厦的基石下手了。

马丁先生进入总结陈词阶段，1942 年的 11 月 2 日，星期二，下午——正是一个星期之前。那天下午三点钟，巴洛斯太太冲进他的办公室。“嘿！”她大喝一声，“你是在刮咸菜桶的桶底吗？”马丁先生透过绿色的遮光眼镜看着她，一言不发。她开始四处转悠，用那双大肿泡金鱼眼审视着整间办公室。“所有档案柜你真的都用得上吗？”她突然发难。马丁先生的心脏差点跳出来。“这里的每一份档案，”他用平静的语气说，“对 F & S 公司都是不可或缺的。”她扯着公鸭嗓冲他嚷：“哼，别在这儿翻土种豌豆了！”随即走到门口，她又嚷嚷道，“你这儿绝对有的是破烂儿！”马丁先生毫不怀疑，她的手已经伸到了他热爱的部门。她已经举起镐头，准备落下第一镐。但还没有真的到不可挽回的地步，菲特韦勒先生还没向他下达最后通牒，那老头儿简直是中了蛊，那个三八女人说什么胡话他都听得进去。但是马丁先生心里清楚，那一天不远了。已经过去了宝贵的整整一个星期，他必须即刻行动。马丁先生站在自家客厅里，手握牛奶杯。“陪审团的诸位先生，”他对自己说，“我请求各位允许对这个罪孽深重的人执行死刑。”

第二天，马丁像往常一样，一切都按部就班。他的确多擦了几次眼镜，还把已经削尖的铅笔又削了一遍，不过就连佩尔德小姐也没发觉这些细微异样。他只瞥到一眼他的准受害人，她旋风般路过他的办公室时，纡尊降贵地在走廊上留下一声：“嗨！”他像往常一样，五点半回到家，倒了杯牛奶。不算姜汁汽水的话，他这辈子还没喝过劲儿更大的东西。F & S 公司中 S 所代表的山姆·施罗瑟尔在世时，曾非常欣赏马丁先生的自制力，几年前的员工大会上，他这样说：“我们效率最高的员工既不抽烟，也不喝酒，他的工作成绩足以说明一切。”坐在隔壁的菲特韦勒先生也点点头，深以为然。

马丁先生前往施拉夫特餐馆的路上，还在回味那个光荣的日子。八点钟，他抵达这家位于第五大道和四十六街交叉口附近的餐馆，就像平时一样。八点三刻，他吃完晚饭，读完了《太阳报》的金融版，也和平时一样。他习惯晚饭后散一散步。今天，他沿着第五大道不紧不慢地走着。手套里的双手很暖和，

还有点汗，而额头却很凉。他把大衣口袋里的骆驼烟挪进夹克里。他边走边问自己，这是否意味着他还是有些无谓的紧张。巴洛斯太太只抽好彩烟，可以想见烟灰缸里自然都是沾着她口红印的好彩烟烟蒂。他打算除掉她之后，自己把骆驼烟抽几口，在她的烟灰缸里按熄，这样便相当于横加了一条障眼的假线索。这也许不是什么好主意。除了浪费时间之外，他还有被呛到之虞，可能会咳得特别大声。

马丁先生从来没见过巴洛斯太太位于西十二街的房子，但他完全想象得出。这还要多谢她见谁都爱炫耀，整天把那栋三层红砖小楼有多可爱、她租住的那间位于一楼的公寓有多么讨人喜欢挂在嘴上。她那里既没有门卫，也没有其他管理员，只有二层、三层的租客。马丁先生继续往前走，他发现照这个速度，九点半之前就能到了。他曾经考虑过，从施拉夫特餐馆出来后，先沿着第五大道向北走，走一段再折返，控制在十点之后走到她家。人们一般不会在这个钟点出门或回家。但是贯穿整个计划的随机性就会被打破，多出刻板的一环，所以最终被他否决。反正，人们究竟什么时候出门、什么时候进门，谁也没法儿说得准。任何时间都很危险。如果真的被人撞破，他也只能永久搁置除掉阿尔金·巴洛斯的计划了。若她公寓里出现其他人也比照办理。万一真这么不巧，他就说是路过，认出她迷人的房子，于是前来拜访。

九点十八分，马丁先生拐进了第十二街。有个男人从他旁边经过，还有一对男女在聊天。当他走到街区中间，快到她家跟前时，方圆五十步之内别无他人。他三步并作两步，迅速踏上小小的门廊，按下“阿尔金·巴洛斯太太”名牌下方的门铃。听到锁咔嗒作响，他一个箭步跨过去，闪进门内，又迅速将门掩上。走廊的天花板上垂下的链子上吊着一盏灯，里面的灯泡发出刺眼的强光。楼梯设在走廊左手边，上面空无一人。走廊右侧，最里面有一扇门开着。他蹑着脚，快速走过去。

“哎呀，真是稀客，看看这是谁来了！”巴洛斯太太嚷嚷着，粗嘎的笑声像霰弹枪的枪声。他像橄榄球的防守截锋一样把她撞开，冲出一条路来。“嘿，别推我！”她说着把门关上，他人已经进来了。这是她的客厅，马丁先生觉得这里亮得像开了一百盏灯。“谁在追你呢？”她说，“怎么这么慌里慌张的，活像头山羊。”他发现自己没办法张嘴，他的心脏已经跳到嗓子眼儿了。“我——对。”他终于挤出两个字。她言笑晏晏，要帮他脱掉外套。“别，别，”他说，“我放这儿就好。”他脱下大衣，放在门口的椅子上。“还有帽子和手套呢，”她说，“拜访淑女可是不能失礼的哟。”他把帽子压在大衣上面。巴洛斯太太似乎比他印象中的高大。他没有摘手套。“我刚好经过，”他说，“我认出——还有别人在吗？”她笑得比平时还吵人。“没有，”她说，“只有我们两个。瞧你脸色白得像纸，真是好笑。什么东西把你吓成这样？我给你调杯甜酒吧。”她穿过客厅，朝最远的那扇门走过去。“威士忌加苏打水好吗？等等，你好像不喝酒的，是不是？”她转过身，讪笑地看着他。马丁先生打起精神。“威士忌加苏打水就很好。”他听到自己的声音，还听到厨房传出她的笑声。

马丁先生迅速打量一下客厅，想找件武器。他本来就打算来了再找。他看到了烙铁、拨火棍，墙角还放了个玩意儿，像是艺术体操棒操表演时使用的火棒。这些都不中用，不是他想要的。他开始四处溜达。他走到书桌前，桌上有一把手柄很漂亮的金属裁纸刀。不知够不够锋利？他伸手去拿，却碰倒了一只小黄铜罐，罐子咣当掉到地上，里面的邮票散落出来。“嘿，”厨房里的巴洛斯太太喊道，“你是在翻土种豌豆吗？”马丁先生干笑几声。他拿起刀，在自己的左腕上试了试刀尖。太钝了，不行。

巴洛斯太太回来时，端了两杯掺苏打水的威士忌，马丁先生戴着手套站在原地，仿佛正在经历一场亲手策划的真实梦境。他口袋里有香烟，面前有酒——这一切都太匪夷所思了，不只如此，这是根本不可能发生的事。他脑海深处那个晦涩模糊的想法已经生根、发芽。“天啊，把手套摘了吧。”巴洛斯太太说。“我在屋里也很少摘。”马丁先生说。此刻，那个想法正慢慢开出一朵奇怪又奇妙的花。她将酒杯放在沙发前的茶几上，然后坐下。“到这里来，你这个古怪的小男人。”她说。马丁先生走过去，坐在她旁边。他掏出骆驼烟，把烟从烟盒里取出来有点难，但他做到了。她笑着递给他一盒火柴。“喏，”她把酒也递给他，“这可真是不得了，你又是抽烟又是喝酒的。”

马丁先生喷出一口烟，倒没有特别像个雏儿，又喝了一大口酒。“我一直都抽烟喝酒。”他说。他和她碰一下杯。“去他的长舌公菲特韦勒。”他说着又喝了一大口。这玩意儿太难喝了，但他做到了面不改色。“你是说真的，马丁先生，”她态度丕变，声音也不一样了，“你这是在骂我们的老板。”巴洛斯太太现在完全一副董事长特别顾问的嘴脸。“我要弄颗炸弹，”马丁先生说，“把那头老山羊轰上天。”那酒并没有什么劲儿，他又只喝了一丁点儿，不可能是醉了。“你吸了大麻还是什么？”巴洛斯太太冷冰冰地问。“是海洛因，”马丁先生说，“等我把那个老秃鹰炸飞，要好好吸个痛快。”“马丁先生！”她喊道，腾地站起来，“就到这里吧。请你务必马上离开。”马丁先生又喝了一口酒。他把烟在烟灰缸里按灭，又把余下的大半包骆驼烟放到茶几上，然后站起来。她瞪住他。他走去穿上大衣，戴好帽子。“一个字也不许说出去。”他说，食指压在嘴唇上。巴洛斯太太只挤出一句：“有你的！”马丁先生的手按在门把上。“我才是坐在猫鹊席位上的人。”他说，又冲她吐吐舌头才走。没有人看到他离开。

十一点之前，马丁先生已经走回公寓，没有人看到他回来。刷完牙，他喝了两杯牛奶，还是觉得很亢奋，不是因为酒精，而是他根本没有醉。何况走了这一路，威士忌的那点酒劲儿早就散光了。他躺到床上，拿起杂志读了一会儿。午夜之前，他睡着了。

第二天一早，马丁先生像往常一样，八点半进入办公室。

差一刻九点，向来不到十点不上班的阿尔金·巴洛斯闯进他的办公室。“我马上去向菲特韦勒先生告发你！”她大叫，“如果他把你交给警察，也是你咎由自取！”马丁先生满脸愕然。“你说什么？”他说。巴洛斯太太冷哼一声，冲了出去，佩尔德小姐和乔伊·哈特呆呆地望着她的背影。“那个老八婆怎么回事？”佩尔德小姐问。“我也不知道。”马丁先生说完继续工作。两位助理看看他，交换一下眼色。佩尔德小姐起身走出去。她放慢脚步从菲特韦勒先生办公室紧闭的门前走过。巴洛斯太太正在里面吵吵，但是没到大喊大叫的程度。佩尔德小姐听不清她在说什么，只好坐回自己的办公桌前。

四十五分钟之后，巴洛斯太太离开董事长办公室，回到她自己那间，甩上门。又过了半个小时，菲特韦勒先生才要马丁先生过去一趟。整洁、寡言且周到的档案室主管站在了老人的桌前。菲特韦勒先生脸色苍白，神色不安。他摘掉眼镜，拿在手里摆弄。他小声清清喉咙。“马丁，”他说，“你来这儿工作已经超过二十年了。”“二十二年了，先生。”马丁先生说。“这些年来，”董事长继续说，“你的工作成绩以及你的——呃——人品都堪称楷模。”“我想是的，先生。”马丁先生说。“我记得是这样，马丁，”菲特韦勒先生说，“你从来不抽烟，也不喝酒。”“是这样，先生。”马丁先生说。“啊，好的，”菲特韦勒先生擦擦眼镜，“方便告诉我，昨天下班后你做了什么吗，马丁？”他说。马丁先生给自己不到一秒钟表现困惑，愣上这么一下。“当然，先生，”他说，“我走路回家。然后去施拉夫特餐馆吃晚餐。吃完后再散步回家。我很早就躺下了，不过又翻了一会儿杂志。十一点前就睡着了。”“啊，好的。”菲特韦勒先生再次这样说。他沉吟片刻，不知怎么对这位档案室主管开口才妥当。“巴洛斯太太，”他终于说，“巴洛斯太太工作很努力，马丁，十分努力。令我非常难过的是，她的精神状态特别糟糕。她出现了被迫害妄想的症状，并深受幻觉的折磨。”“我很遗憾，先生。”马丁先生说。“在巴洛斯太太的幻觉中，”菲特韦勒先生接着说，“你昨天晚上去了她家，而且行为——呃——不太得体。”他抬抬手，打断马丁先生委屈的辩解，“这类精神科的疾病就是这样的，”菲特韦勒先生说，“把最不可能的人和最无辜的一方当成——呃——迫害的源头。我们普通人不懂也正常，马丁。我刚刚和我的心理医生通过电话。他当然不好把话说死，不过也基本证实了我的怀疑。今天早上，巴洛斯太太说完她那番——呃——故事后，我建议她去见见费奇医生，因为当时我就觉得不太对劲。她立即火冒三丈，我原本不想说的，但她要求我——呃——请求我教训你一顿。马丁，你恐怕不知道，巴洛斯太太本来打算重组你的部门——我还没同意，当然，我还没同意。所以是你，而非其他人，成为她的假想敌——不过还是那句话，这交给费奇医生，我们想管也管不了。所以，马丁，恐怕巴洛斯太太已经不能胜任这里的工作了。”“我非常非常遗憾，先生。”马丁先生说。

就在此时，办公室的门像突然发生瓦斯爆炸般弹开了，巴洛斯太太像炮弹一样射进来。“这个鼠辈是不是不承认？”她嘶声说，“他别想推得一干二净！”马丁先生站起来，轻手轻脚地挪到菲特韦勒先生的椅子旁。“你在我家抽烟喝酒来着，”她朝马丁先生喊道，“你心里清楚！你说菲特韦勒先生是个长舌公，还说吸完海洛因，飘飘然的时候要把他炸上天！”她停下来喘口气，那双金鱼眼突然灵光一闪，“若不是你一向是个没什么能耐的窝囊废，”她说，“我还当这都是你计划好的。你吐舌头，说自己才是坐在猫鹊席位上的人，因为你知道我说出来也不会有人相信！天啊，简直算无遗策了！”她歇斯底里地大叫，再次暴跳如雷。她瞪着菲特韦勒先生：“你难道看不出他要了我们吗，你这个蠢老头儿？你难道还看不穿他的小把戏？”然而菲特韦勒先生已经偷偷把桌上所有按钮都按了一遍，F & S 公司的员工纷纷拥入这个房间。“斯托克顿，”菲特韦勒先生说，“你和菲诗贝恩送巴洛斯太太回家。鲍威尔太太，你和他们一起去。”斯托克顿高中时曾打过一阵橄榄球，及时拦住了扑向马丁先生的巴洛斯太太。他和菲诗贝恩两人合力才把她弄出办公室，走廊上挤满了速记员及负责后勤的员工。她持续嘶声诅咒马丁先生，骂人的话颠三倒四，自相矛盾。嚣嚷最终散去，走廊恢复了平静。

“很遗憾发生这种事，”菲特韦勒先生说，“请别往心里去，马丁。”“好的，先生，”马丁先生正确地领会了上级“到此为止”的精神，朝门口走去，“我不会往心里去的。”他出去，将门掩上，踩在走廊地板的脚步既轻又快。回到自己办公室的一刹那，他立即放慢脚步，恢复平时的步态，静静地穿过房间，找到 W 20 号档案，摆出勤奋工作、专心致志的样子。

沃尔特·米蒂的秘密生活（白日梦想家）

The Secret Life of Walter Mitty

《沃尔特·米蒂的秘密生活》最初于1941年出版问世，是詹姆斯·格鲁佛·瑟伯流传最广，并深受读者喜爱的作品之一。其著名的主人公不仅在文化辞典中占有一席之地，在英文字典中也赢得了相应的地位。由诺曼·麦克劳德执导的根据小说改编的米高梅同名彩色音乐电影，于1947年上映，电影围绕着米蒂两天之间的奇妙冒险展开，而讨人喜欢的白日梦想家则由丹尼·凯饰演。2013年，本·斯蒂勒再次将这部作品改编为电影《白日梦想家》，并自导自演，而这部电影也成为当年最受欢迎的影片之一。

"我们冲过去！"中校的声音如薄冰乍裂一般。他穿着军礼服，白色盖帽上饰有沉甸甸的穗带，斜压的帽檐遮住一边灰色的眼睛，很是潇洒不羁。“行不通，长官。您要是问我，飓风怕是马上要来。”“我不是在问你，伯格上尉，”中校说，“马力全开！提速到 8500！我们冲过去！”汽缸咔嗒咔嗒的响声连成一片。中校注视着驾驶舱前窗上渐渐凝结的冰花。他走过去，拨动一排复杂的仪表盘。“启动 8 号备用引擎！”他喊道。“启动 8 号备用引擎！”伯格上尉重复一遍。“3 号炮塔满荷！”中校再次喊道。“3 号炮塔满荷！”机组成员各司其职，海军巨大的装有 8 台引擎的水上飞机疾驰着。他们相视而笑，说：“老家伙会带我们冲过去的，他可是天不怕地不怕！”

“别开这么快！你开得太快了！”米蒂太太说，“你开这么快想干吗？”

“嗯？”沃尔特·米蒂说。他惊愕地看看坐在副驾驶座的妻子，仿佛完全不认识她，而是人群中某个陌生女人正在冲他嚷嚷。“你开到 55 迈了，”她说，“你又不是不知道超过 40 迈我就受不了。你竟然开到 55 迈。”沃尔特·米蒂默不作声，朝沃特伯里开去，那是他成为海军飞行员二十年来遭遇的最为凶险的风暴，暴风雨中 SN202 引擎的轰鸣逐渐低沉下来，就像熟悉的航道也在脑海中渐渐远去。

“你又精神紧张了，”米蒂太太说，“看来是老毛病又找上门了。我劝你还是去找伦肖医生看一看。”

沃尔特·米蒂将车停下，妻子要去旁边的楼里做头发。“趁我做头发这段时间，你记得去买套鞋。”她说。米蒂说：“我不需要套鞋。”她将小镜子收回包里。“这件事我们已经讨论过了，”她边下车边说，“你也不是什么年轻人了。”他半踩下油门。“你怎么不戴手套？是丢了吗？”沃尔特·米蒂从口袋里摸出手套戴上。不过等她转身走进楼里，他便在遇到的第一个红灯停车，将其摘掉。“跟上，老兄！”信号灯改变时，一位警察喝道，米蒂又连忙戴上手套，吭吭哧哧地上了路。他先是漫无目的地开了一会儿，随后转往停车场，路过了一家医院。

……“是那位百万富翁，银行家威灵顿·麦克米兰。”漂亮护士说。“是吗？”沃尔特·米蒂缓缓脱下手套，说道：“谁是主治大夫？”“伦肖医生和本鲍医生，不过还有两位专家，一位是纽约来的莱明顿医生，另一位是伦敦的布里查德－米特福德先生。他搭飞机过来的。”门开了，伦肖医生沿着阴凉的长廊走出来。他面色憔悴，神情烦乱。“你好，米蒂，”他说，“我们遇上大麻烦了，这位有钱人——银行家麦克米兰是罗斯福的密友，他的病情相当棘手，管阻综合征，三期，希望你能帮着看看。”“好的。”米蒂说。

进入手术室后，有人轻声为他们做了介绍：“这位是莱明顿医生，这是米蒂医生；这位是布里查德－米特福德先生，这位是米蒂医生。”“我拜读过您关于链丝菌病的大作，”布里查德－米特福德跟他握手时说，“非常精彩。”“谢谢。”沃尔特·米蒂说。“不知道你就在国内呢，米蒂，”莱明顿嘟囔道，“不然何必多此一举把我和米特福德找来治这种病程已到三期的病人。”“您太客气了。”米蒂说。与此同时，接在手术台旁的那台大型器械开始咔嗒咔嗒响起来，机器伸出来的又是管子又是电线，非常复杂。“新麻醉机快不行了！”一名实习医生喊道，“东部没人晓得怎么修！”“别急，朋友！”米蒂冷静地沉声说。他一个箭步冲到不停咔嗒咔嗒响的机器前，手指灵巧地摆弄起一排反着光的仪表盘。“给我一支自来水笔！”他不废话。一支自来水笔递过来。他抽出故障活塞，将那支笔插到相应的位置。“还能撑十分钟，”他说，“继续手术吧。”一位护士匆匆来到伦肖身边，轻声说了几句，米蒂看到两人脸色都白了。“出现金鸡菊样症状了，”伦肖紧张地说，“你来接手，好吗，米蒂？”米蒂看看他，再看看半醉且缩手缩脚的本鲍，又看看面色沉重、心里没底的两位大专家。“如果你们希望这样的话。”他说。他立即被套上一件白色长袍，然后自行调整一下口罩，套上一副薄手套，接着护士递给他闪闪发光的……

“往后倒，兄弟！当心那辆别克！”沃尔特·米蒂猛踩刹车。“占错道了，兄弟。”停车场的工作人员盯着米蒂说。“天啊，好吧。”米蒂嘟囔道。他小心翼翼地倒出标着“出口单行”的车道。“停这儿吧，”工作人员说，“我给你开。”米蒂依言下车。“嘿，钥匙别拿走啊。”“哦。”米蒂应了一声，把车钥匙递给他。工作人员钻进车里，利落又傲慢地将车倒出去，停在该停的位置。

这些人真是他妈的狂妄自大，自以为无所不能呢，沃尔特·米蒂沿着主街边走边暗自嘀咕。有一次在新米尔福德外面，他想把防滑链解下来，结果却缠到了轮轴上，不得不叫救援车来帮忙解开，那位年轻的汽车修理工一直咧着嘴要笑不笑的。此后米蒂太太便坚持要他去修理厂解防滑链。他打定主意，下次去就把右胳膊用吊带吊起来，到时就不会被那些人嘲笑了。他们一看就明白，右胳膊吊着哪还有办法自己动手拆防滑链呢。

他踢踢路边的雪泥。“套鞋。”他喃喃自语道，然后开始找鞋店。

胳膊底下夹着装有套鞋的盒子走出鞋店，沃尔特·米蒂有点想不起来妻子还要他买什么来着。就在今天来沃特伯里之前，临出家门，她还叮嘱了他两次。每个星期进城，他总要办错一两件事，这着实令他不快。他开始翻找记忆，是舒洁面巾纸、施贵宝的药品，还是剃须刀片。不对。牙膏、牙刷、小苏打、磨刀石，还是请愿书或公投选票？他投降了。不过她肯定记得。“那个什么呢？”她肯定要问，“可别说你忘了那个什么了。”路过的报童吆喝着“沃特伯里审判”什么的。

……“或许这能唤醒你的记忆，”地区检察官突然将一柄沉甸甸的自动式手枪递到证人席上那个沉默不语的人面前，“你见过这把手枪吗？”沃尔特·米蒂接过来，老到地检查一番。“这是我的威布雷—维克斯 50/80 型手枪。”他冷静地说。法庭内掀起一片骚动。法官敲响法槌要大家恢复秩序。“我相信不论使用何种武器，你的枪法都极准，对吗？”地区检察官引导性地说。“反对！”米蒂的律师喊道，“我们已经给出证据，被告不可能是那个枪手。证据证明，七月十四当晚，他的右臂正挂着吊带。”沃尔特·米蒂微微抬了抬手，争吵的律师都安静下来。他平静地说：“不论用哪种枪，我都能在三百英尺开外，以左手射杀格里高里·菲茨赫兹。”法庭内一片哗然。嘈杂声中仍能听到有个女人尖叫一声，突然，一位可爱的黑发姑娘扑到沃尔特·米蒂怀里。地区检察官朝她饱以老拳。沃尔特·米蒂不等自椅子上起身，就挥出拳头打中他的下巴尖。“你这卑鄙小人！”……

“狗狗饼干。”沃尔特·米蒂说。他停下脚步，沃特伯里的屋宇穿破法庭的海市蜃楼，重新将他包围。有个女人经过他身边时笑道：“他说‘狗狗饼干’。”她对同伴说，“那个男人和自己说‘狗狗饼干’。”沃尔特·米蒂加快脚步向前。他走进一家Ａ＆Ｐ商店，并非他看到的第一家，而是沿街又走了一段才去那家小一点的。“我想买点幼犬吃的饼干。”他和售货员说。“什么牌子的，先生？”全世界最优秀的神枪手想了一下。“盒子上印着‘小狗吵着要吃’。”沃尔特·米蒂说。

再过十五分钟，妻子就做完头发了，米蒂看了看手表想，除非她的头发还没能弄干，有时候是会耽搁久一点。她一向不喜欢先到旅馆，宁愿让他等她。他看到大堂窗前摆了张大大的皮椅，他将套鞋和狗狗饼干放在旁边的地板上，拿起一份往期的《自由》，陷进椅子里。“德国人能否通过空袭征服全世界？”

沃尔特·米蒂看着轰炸机及已成废墟的街道的照片。

……“炮火太密集了，小雷利撑不住了，长官。”中士说。米蒂机长透过乱蓬蓬的头发抬眼看了看他。“让他去睡吧。”他疲惫地说，“其他人也是。我可以自己飞。”“可是那不成啊，长官，”中士急切地说，“轰炸机需要两人驾驶，况且高射炮的火力也太猛了。冯·里奇蒙的小丑队就藏在这里到索利尔的某处。”“总得有人去把那个弹药库干掉，”米蒂说，“还是我去吧。来点白兰地吗？”他给自己和中士各倒了一杯。外面战火纷飞，巨响在防空洞周围轰鸣，门被震得不停地颤抖，甚至有木屑铁片在洞内飞溅。“刚刚好悬呢。”米蒂机长云淡风轻地说。“火力网正在逼近。”中士说。“我们都只有一条命，中士，”米蒂淡然一笑，“抑或，会有例外呢？”他又倒了一杯白兰地，猛地仰头，一饮而尽。“我从没见过谁像你这样喝白兰地的，长官，”中士说，“你刚才说什么，长官。”米蒂机长站起身，系上他那把巨大的威布雷—维克斯自动式手枪。“那 40 公里随时可能丢掉性命的，长官。”中士说。米蒂最后喝了一杯白兰地。“说到底，”他轻声说，“哪里不是呢？”加农炮声越来越紧，机枪嗒嗒嗒的射击声亦不绝于耳，还有不知从哪儿传来的新型火焰喷射器那可怕的咔嗒咔嗒的声音。沃尔特·米蒂哼着《美丽的金发女郎》朝防空洞口走去。他转身向中士挥一挥手，说：“再见吧！”……

有人拍了下他的肩膀。“整个旅馆我都找遍了才看到你，”米蒂太太说，“你干吗藏在这张旧椅子里？这样我还怎么看得见你？”“近在眼前了。”沃尔特·米蒂含混地说。“什么？”米蒂太太说，“你买了那个什么了吗？那个狗狗饼干？那盒子里是什么？”“套鞋。”米蒂说。“你就不会在鞋店里先换上？”“我正在思考，”沃尔特·米蒂说，“你就从没想过，有时候我也是要思考的？”她瞅着他。“回到家，我得给你量量体温了。”她说。

他们从旋转门出去，推门时，它依稀发出仿佛嘲讽般的尖锐声音。去停车场要走上两个街区。走到街角的药店时她说：“在这儿等我，我忘了点东西，一分钟就回来。”一分钟过去了，她还没回来。沃尔特·米蒂点起一支香烟。雨，夹着雪粒，飘落下来。他起身靠在药店的墙上，吸着烟……他挺起肩膀，脚跟并拢。“去他妈的蒙眼巾。”沃尔特·米蒂不屑地说。他吸了最后一口烟，将烟蒂弹开。随后，他面向着行刑队，唇角掠过一丝轻蔑的浅笑，他站得笔直，岿然不动，骄傲、不屈的沃尔特·米蒂，带着周身的谜团走向了生命的终点。

詹姆斯·格鲁佛·瑟伯的秘密生活

The Secret Life of James Thurber

近来，我随意翻了翻这本《我的秘密生活：萨尔瓦多·达利自传》，文章之外，达利还选刊了他的一些画作及本人的照片。如果你也是我姨婆艾比盖尔口中那类“永远没个定性”的人，对这样一本自传也不必求个甚解，拿来打发那些怏怏不乐的日子再合适不过了，否则岂不是白担了那么个虚名儿。

其实稍微翻一下，就会看到几幅插图，也便大致了解了本书的全貌，明白了合不合你的口味。这位梦的主人一时是朝气蓬勃的梦想家咬住濒死的蝙蝠，或亲吻死去的马儿；一时又是踌躇满志的清瘦少年，昂然进入男人的领地，盼着有天能吃到烤熟后仍活蹦乱跳的火鸡；一时又化身为叹息的情人，全身上下涂满山羊的粪便及画画时用的薰衣草精[1]，散发的气味想必不逊于一头血统纯正、不折不扣的公羊。我在达利的梦想王国中遨游，沿途还拾取了一些他那不平凡生命中的散碎光景：他为法国梧桐落下的悬铃而着迷，他将一位瘦小的同伴踢下桥，他深情地摩挲一根拐杖，他用拍床垫的小皮掸子弄坏老家庭医生的眼镜。看起来，世界上只有两样东西能引起他的不适，而且并不是腐烂长蛆的刺猬。他讨厌骷髅和蚂蚱。呃，也对，每个人害怕的东西都不尽相同。

达利先生的回忆录令我陷入沉思。我发现自己剃须时也会喃喃自语，还有那么两次去邮局的路上，竟冲着邻家的小女孩挥舞手杖。达利先生的传记作价六美金。我本人 1933 年在哈珀兄弟出版社出版的自传售价则为一块七毛五。我当时曾对这个荒唐的定价表示了小小的不满，不说别的，竟然只比同月出版的一本名为《刺猬贺瑞斯冒险记》的书贵五十美分。出版商解释说，依着业内日渐缩水的利润，这个售价已经是照同类作品能卖得出的最高价格估算，称得上是顶天了。

---

1 aspic，常译作薰衣草精，用于油画也用于蜡彩画，文献记载在凡·爱克时代即用作绘画油的稀释剂，较薰衣草油 lavender 挥发慢。

那段时间，所有公司的老板都爱把话说得模棱两可，配上让人听不清的低沉声音，因为没人知道将来会发生什么，也没人理解过去发生了什么。大环境令每个人都如履薄冰，一系列经济现象不客气地昭示，当前的文明怕是等不及自然衰退，而是已经来到了土崩瓦解的边缘。最终的最终，我接受了一块七毛五的定价，也顺便接受了，当时那世道，书籍这样定价天公地道的说法。而现在的形势，比起 1933 年严峻了十倍不止，达利的自传却被出版商卖上了六美金的高价。这下我再也装不成糊涂了，在文艺界，决定作品价格的因素并非局势，而是人。问题摊开来说很浅显，我过于关注寄身的红尘客栈，却鲜少留心这副皮囊内的主人。

我们还是直面惨淡的人生吧，我先来坦白，如果我像收在阁楼上的旧尤克里里那样不起眼，那么萨尔瓦多·达利就像架在树上的钢琴般不容忽视，而且这架钢琴有乳房。从呱呱坠地，我就已经落在了萨尔瓦多·达利的后面。他还在母亲的子宫里时就已有了记忆，并且能细致入微地描绘出当时的种种。而我最初的记忆是陪我爸去俄亥俄州哥伦布市的投票站，他把票投给了威廉·麦金莱[1]。那是个有点破破烂烂、灰头土脸的移动铁皮屋，里面尽是乱哄哄说笑的男人和弥漫的雪茄烟雾；总之，与萨尔瓦多·达利诞生于天堂般胎盘的最初记忆相去甚远，这也是可想而知的。有个乐呵呵的胖男人把我放在腿上颠一颠，还说我很快就会长大，可以给威廉·詹宁斯·布赖恩[2]的对手投票了。我以为他的意思是，我爸投完后，我也可以把一张叠起的纸片从那个小缝儿塞进上锁的盒子里。等我发现并不是这么回事，就被我爸强行抱了出去。我又哭又喊又踢又打，把我爸的窄边圆礼帽打掉了好几次。我对窄边圆礼帽没什么特别强烈的喜好，而萨尔瓦多几乎深爱着他见到的每样事物，我很怀疑，就算重新回到那一天，就算我现在已经知道异国他乡有这样一种全情投入的精神，在这种精神影响下，能否说服自己，对窄边圆礼帽产生什么强烈的、非常态的喜爱之情。在我记忆中它一直是顶十分滑稽的帽子，顶部有点过大，显得我爸疲惫又善感，像位受人之邀，不好推脱，勉强玩着猜谜游戏的绅士。

1　威廉·麦金莱（William Mckinley，1843—1901），美国第25任总统。

2　威廉·詹宁斯·布赖恩（William Jennings Bryan，1860—1925），美国政治家，在总统竞选中先后败给威廉·麦金莱及威廉·霍华德·塔夫脱。

那时，我们住在冠军大道，投票站则位于芒德街。就在我把这些街道名称诉诸笔端之际，也开始感知到婴儿时期，我和萨尔瓦多之间已有了本质且重大的差异。这种差异一言以蔽之就是环境。萨尔瓦多成长于西班牙，那是个多彩的国度，流传着汉尼拔、埃尔·格列柯[1]及塞万提斯的传说。我则在俄亥俄州长大，耳濡目染的都是些科克西失业请愿军、推动禁酒令的反酒馆联盟，以及威廉·霍华德·塔夫脱[2]。自然而然，在小萨尔瓦多的灵魂深处，风要更自由不羁，雾要更变幻多奇，我则不然。不过关于我童年时期多么索然无味的无病呻吟就到此为止吧，我们还是回到我的秘密生活，当然稍微开个小差，再去探究一下达利先生也要不了多少时间。

萨尔瓦多·达利记忆中的童年现实与想象交织，有时幻想的部分比之现实还来得更鲜活。他不知打哪儿得来的灵感，正

1　埃尔·格列柯（El Greco，1541—1614），西班牙文艺复兴时期画家、雕塑家与建筑家。

2　威廉·霍华德·塔夫脱（William Howard Taft，1857—1930），美国第 27 任总统。

是这一点使他不同于哈利·斯宾塞、查理·多克斯、I. 范伯格、J.J. 麦纳博、威廉·福克纳[1]、赫伯特·胡佛[2]，还有我。小萨尔瓦多拥有，而我们这些小孩子不曾拥有的，有完美的风景，有形形色色的人，还有代表他绝不向干净、世俗以及舒适认输之小小反叛精神的奇装异服。他往头发里洒香水，这在某些地方可是要命的事，像是新泽西的巴约讷或俄亥俄的扬斯敦；他养的蜥蜴有两条尾巴；他鞋子上缀的是银纽扣；他认识，或他幻想自己认识两个小女孩——加露棋卡和杜丽塔。他生来便与偏执狂仅一线之隔，祷词中温和的鲍克泰斯米城，祭品中感伤的奥兹国，我得暂停并强调一下你才会明白我要说的话，都是他心中欲望的都城。反正在俄亥俄州哥伦布市土生土长的小伙子眼里他是这样与众不同，说到底我是那种从 F & R·拉扎勒斯百货公司买西装的人，而且全套下来才十二美金，我用象牙牌香皂洗头，养的牛头㹴只有一条尾巴，和我一起玩的三位小姑娘叫艾尔玛、贝蒂、露比，虽然我有点害羞，但很喜欢和她们一起玩。

1　威廉·福克纳（William Faulkner，1897—1962），美国小说家，1949年诺贝尔文学奖得主。

2　赫伯特·胡佛（Herbert Hoover，1874—1964），美国第 31 任总统。

年轻的达利相较于我的另一个优势，从鼓励偏执狂倾向的角度来看，是存在于他的真实世界里的那些成年人的天性。达利的故乡费格拉斯有个文艺世家——皮肖特家族，无论是音乐家、画家，还是诗人，这一家族的每个人都仰慕这位天才而诞妄的顽童走过的每一寸土地。如果他们中的任何人撞见他从巨石上纵身跳下来——这是我们的英雄最爱的一样消遣——或者倒吊着把头浸在装满水的桶里，消息会立即如星火燎原般传遍整个小镇——费格拉斯有一位伟大的天才出世啦。有一位女士，萨尔瓦多朝她扔石头，她反而如母亲般欣慰。有一天，市长倒毙在这个男孩的脚下。人群中有位医生（并不是被他用小皮掸子弄坏眼镜的那位）突然发了疯病，要打死他（认为医生攻击他时已经神志不清是达利的看法，我则有不同观点）。

我小时候，并不觉得周围的大人有什么特别的魅力，她们也同样没给我太多关注。我说的主要是我的十一位姨婆，她们都是卫理公会的信徒，笃信药品、芥末药膏，她们信奉应以对待打嗝或瘾病的态度对待艺术风潮。她们中没有任何一位是艺术家，非要算的话，只有露姨婆，她写十六个重音的诗，通常是贺别人的生日，或纪念重大的国难日，偶尔能押中韵脚。姨婆们在我身边时，我从来不曾想去咬蝙蝠，或朝她们扔石头。不过，我的确有个不为人知的世外桃源：我秘密的俗话世界。

两年前，我和妻子打算买房子，于是去拜访了一家新米尔福德的房地产经济公司。该公司的一位员工在盛满钥匙的金属盒子里摸来摸去，而后抬头说："这儿没有罗克斯伯里那栋房子的钥匙。"他的同事答道："那是普通锁。骷髅会让你进去的。"[1]一下子，我回到了五岁，双眼圆睁，嘴巴大张。我想象中的罗克斯伯里之屋，里面是一片漆黑，到处是我们那位咬蝙蝠的顽童绝对不可能想得到的吓人东西，和我小时候幻想的保准一模一样。

这样说吧，我童年的秘密魔法世界，就是由房地产经纪人、姨婆、牧师和其他同样平凡的人随随便便抛出的句子搭建成的。在这个世界里，生意人打电话告诉老婆，说自己被困在办公室，被绑在了转椅上，可能还被堵住了嘴，不能说话不能动，然而不知怎的，却奇迹般地偏偏能打电话。在我的幻想宇宙中，每个城市都有成百上千的生意人被困在成百上千的办公室里，被

1 原文为skeleton，意思是骷髅，代指万能钥匙（skeleton key）。

绑在各自的转椅上。值得一提的是，所有城市里，不管谁是幕后黑手，都会准时在下午五点左右出手绑住所有“忙得不可开交”的生意人。

还有个头顶阴云“不开心”的男人出城去。有时，他整个人都被云裹了起来，像落入麻袋的猫，根本看不见人影。也有时，云彩在他头顶三四英尺高的地方，只有一张沙发那么大，不论他去哪里，都稳稳地罩在他头顶上。睡觉前可以试着想一想他，他在城市间来回穿梭，头顶上始终飘着一片云，对催眠相当有效。

我还在脑海中描绘了一位休斯敦太太，她的风格有点不一样，她的女儿死在手术台上后，她整个人如被刀绞，碎成了一片一片。在我的想象里，医生们的形象极其真实，他们在休斯敦太太身上动刀子之前，我还听到他们说：“嘘，休斯敦太太，你是乖乖自己上手术台呢，还是要我们动手？”通常我睡觉前，会把休斯敦太太赶出脑海，但是睡着后，她却时常进入我梦中，时至今日还偶尔不请自来。

我仍记得那个搞笑的怪物是怎么开始时不时趁我放空时突然出没的。有一天晚上，父亲对母亲说：“你告诉约翰逊太太贝蒂的事之后，她怎么说？”母亲答道：“哦，她浑身都是耳朵。”[1]年少时，在我秘密的超现实幻境中，还有许多其他奇妙的人物：一直飘在空中——悬而未决的——老太太；脚不肯轻易定下来——三心二意的——丈夫；火灾中丢掉脑袋——失去理智的——男人，却仍能喊叫着逃出房子；某位年轻小姐其实是一只脏兮兮的鸽子——娼妓。这样的世界注定是私人的，只能在沉默中独自品味，因为一旦宣之于口，便会支离破碎。如果你将其摆到台面上，还问个不停，父母准会哈哈大笑，或给你量量体温，然后把你送上床，他们总致力于令一切魔力都失灵（不管什么时候量体温，我总在发烧，总会被送到床上，落得孤零零一个人面对休斯敦太太）。

唉，我的童年世界，哪里经得起时间的流逝呢。用威廉·埃内斯特·亨利[2]的话说，整个世界如幽灵般飘忽着，明灭着，悄然逝去。我想必定是我表姐弗朗西丝来看我们那次，它永远地烟消云散了。那是一个下雨的黄昏，我冲进屋里，问弗

---

1 意为“听得专心”。

2 威廉·埃内斯特·亨利（William Ernest Henley，1849—1903），维多利亚时代（19 世纪）的英国诗人。

朗西丝在哪里。我们家的厨师说：“她在楼上的起居室里，心都快哭出来了。”我第一次听说这样的新鲜事，居然有人可以痛哭到把心都哭出来，一颗像红色的天鹅绒针插一样，有着完美形状和色泽的心。我也不知道怎么会没听过这种说法，这是美国家家户户都听得到的一句俗话，因为总有人的梦想和希望落成一场空。我跑到楼上，打开起居室的门。弗朗西丝比我大三岁，她跳下床，一边抽泣，一边从我身边擦过，跑下楼去。

我花了差不多十五分钟找寻她的心脏。我把床翻了个底朝天，地毯都掀开来，就连衣柜抽屉都看过，结果一无所获。我看着窗外的雨还有黢黑的天空。脑海中珍藏的那个头顶云朵的男人的画面，开始逐渐暗淡，最终消失不见。我发现想到休斯敦太太时，就算房间里只有我一个人，也能够怡然无惧了。楼下的客厅里，弗朗西丝依然在哭泣。我却大笑起来。

啊，敬萨尔瓦多！

麦克白谋杀案之谜

The Macbeth Murder Mystery

“我可真够笨的，竟然犯了这种没头没脑的错误。”美国女士对我说。这里是英格兰湖区的一家旅店，我目前住在这儿，这位女士我也是刚刚遇到。她接着道：“但是那本书就和企鹅出版社的其他六便士口袋书一块儿放在柜台上，你知道，就是那种软皮平装的，我想当然地认为那也是本侦探小说了。那边儿摆的差不多全是侦探小说，我都读过了，所以也没仔细看，就买了这一本。你能想象得到，我发现那其实是一本莎士比亚的戏剧时有多生气吗？”我讷讷地表示同情。“我真不懂，企鹅出版社的人干吗把莎士比亚的戏剧弄得和侦探小说一样大，装帧设计什么的都差不多。”我的同伴继续说道。“我想，书封的颜色还是不同的吧。”我说。“哦，我没留意那个，”她说，“总之，那天晚上，我舒舒服服地躺在床上，准备痛痛快快读上一本精彩的悬疑小说，结果打开一看，手里拿的竟然是《麦克白》——这是给高中生看的吧。像是《艾凡赫》。”“又比如《洛纳·杜恩》。”我说。“可不是嘛，”美国女士说，“我当时多希望能有本阿加莎·克里斯蒂的著作，或这一类的小说可以读个过瘾。我最喜欢的就是大侦探赫尔克里·波洛了。”“是不是特别胆小的那个？”我问。“噢，不是，”这位犯罪小说专家说，“是那个比利时侦探。你说的是平克顿先生，帮布尔探长探案的那个。他也挺不错的。”

我的同伴喝起了第二杯茶，顺便向我讲起了某本完全唬住了她的侦探小说——从头到尾凶手看起来就是那位老家庭医生。我打断她。“跟我说说，”我说，“你后来读没读那本《麦克白》？”“不读也不行啊，”她说，“我房间里连张能翻一翻的纸片也没有。”“那你喜欢吗？”我问。“不喜欢，”她斩钉截铁地说，“首先，我一直不认为是麦克白干的。”我茫然地看着她。“干的什么？”我问。“我一直都不认为是他杀了国王，”她说，“我也不认为麦克白夫人是帮凶。的确，他们嫌疑最重，不过越像凶手的往往越不是凶手——或者怎么说也不应该是。”“恐怕，”我说道，“我——”“这你还不明白吗？”这位美国女士说，“要是一开始就让人猜出凶手是谁，后面还有什么看头。莎士比亚可要高明多了好吗。我以前在哪儿读到过，说《哈姆雷特》里有很多难解的谜团，莎士比亚想必也不会把《麦克白》写得像表面看起来那么简单。”我一边装烟斗，一边细细琢磨了一会儿。“你最怀疑谁？”我突然问。“麦克德夫。”她毫不迟疑地说。“我的天！”我轻声吁出一口气。

“哎呀，就是麦克德夫，好吗？”凶案专家说，“要是赫尔克里·波洛在，早就把他抓住了。”“你是怎么看出来的？”我问。“这个嘛，”她说，“其实我也不是一眼就看穿了。最开始，我怀疑的是班柯。后来，不必说了，他是第二个死掉的人。这就对了。第一个案件的嫌疑人往往是第二个案件的受害者。”“是这样吗？”我小声嘀咕。“嗯，是呀，”我的线人说，“小说就是要有悬念才好看。不过，第二起案件发生后，我也没有马上猜到谁是凶手。”“那国王的儿子马尔康和道纳本呢？”我问，“我记得，第一起谋杀案发生后他俩就立即逃走了。这行径难道不是非常可疑？”“太可疑了，”美国女士说，“可疑得有点儿过了头。他们逃跑的那一刻，就已经清白了。我向你保证。”“我想，”我说，“我得来杯白兰地了。”我连忙叫来了服务生。我的同伴靠过来，她双眼都在发光，手里的茶杯微微晃着。“你知道是谁发现了邓肯的尸体吗？”她问。我说不好意思，我忘了。“是麦克德夫发现的，”她说话的语气俨然成了剧中人，“他随即冲下楼，大喊，‘混乱已经打开了王上的圣殿’，还有‘大逆不道的凶手完成了它的杰作’等之类的。”这位妙人儿拍拍我的膝盖。“这一切都是设计好的，”她说，“如果是你发现了尸体，你总不会临场就能说出这么一大套吧，对不对？”她目光灼灼地盯住我。“我——”我才张开嘴。“你说得对！”她说，“你做不到！除非提前演练过。‘我的天啊，这儿有一具尸体！’真正无辜的人这样说才合理。”她坐回去，顾盼间满是自信的神采。

我琢磨了一会儿。“可是你觉得谁会是第三个刺客呢？”我问，“你知道，那些研究《麦克白》的学者已经为第三个刺客的身份头痛了三百年了。”“因为他们从来没把麦克德夫列入考量，”美国女士说，“就是麦克德夫，我很确定。总不可能随便来两个混混就把人杀了，主凶一定是某个重要的角色。”“宴会那一幕要怎么解释呢？”过了一会儿我才问，“你怎么解释班柯的鬼魂进来，坐上他的座位后，麦克白那些负罪的表现？”这位女士凑过来，再次拍拍我的膝盖。“压根儿没有什么鬼魂，”

她说，“那种身高体健的大男人怎么可能随随便便见到鬼，尤其宴会厅还灯火通明，宾客如云的。麦克白是在为某个人打掩护！”“那他在掩护谁？”我问。“当然是麦克白夫人，”她说，“他认为是她干的，打算替她顶下来。妻子有嫌疑时，做丈夫的总会这样。”“但是，”我追问道，“还有梦游的情节呢？”“一回事，只是角色对调而已，”我的同伴说，“这一次是妻子为丈夫打掩护。她根本没有睡着。你记得这里吗，‘麦克白夫人持烛上’？”“当然。”我说。“你想啊，梦游的人绝不会拿蜡烛的！”我的游客同伴说，“他们都有种‘超视力’。你听说过哪个人梦游还举着蜡烛的？”“没有，”我说，“从来没听过。”“所以说嘛，她其实并没有睡着。她也是装出有罪的样子，来掩护麦克白。”“我觉得，”我说，“我还得来杯白兰地。”我招来服务生。酒一送来，我立即仰头灌下去，然后起身准备离开。“我相信，”我说，“你的确看出了点儿东西来。你能把那本《麦克白》借给我吗？我今晚想读一遍。真是奇怪，我感觉好像从前读的不是这本书似的。”“我去拿给你，”她说，“你看了就知道我是对的。”

当天晚上，我将书细细读了一遍。第二天，吃过早饭，我找到那位美国女士。她正在高尔夫球场的果岭上，我悄悄走到她身后，抓住她的胳膊。她惊叫一声。“我能单独和你聊两句吗？”我低声问。她谨慎地点点头，随我来到一处隐秘的角落。“你是不是有了什么发现？”她用气声说。“我找出了，”我得意扬扬地说，“真凶的身份！”“你是说不是麦克德夫？”她说。“和麦克白夫妇一样，”我说，“麦克德夫也是清白的，这几桩谋杀的凶手都不是他。”我把书带来了，翻到第二幕，第二场。“看这儿，”我说，“麦克白夫人说的，‘我把他们的刀子都放好了；他不会找不到的。若不是我看他睡着的样子活像我的父亲，我早就自己动手了。’看出来了吗？”“没有，”美国女士坦白地说，“没看出来。”“很明显啊！”我忍不住抬高了嗓门儿，“真不明白，早几年我怎么没看出来。睡着的邓肯看起来像麦克白夫人的父亲，因为躺在那儿的就是她的父亲啊！”“天啊！”这下，轮到我的同伴轻轻吁出一口气了。“是麦克白夫人的父亲杀了国王，”我说，“听到有人来，他就把尸体推到床底下，然后自己爬上床。”“可是，”女士说，“只在故事里出现一次的人怎么可能是凶手。这不太对吧？”“我明白你的意思，”我说，然后把书翻到第二幕，第四场，“这儿写着，‘洛斯及一老翁上。’其实这个老翁是谁从没明说，不过我的观点是，他是老麦克白先生，他这人野心勃勃，想让自己的女儿当皇后。这就是动机。”“就算是这样，”美国女士嚷道，“他还是个路人甲的角色呀！”“并非如此，”我心情大好，说，“要是你发现他还是命运三女神之中一位假扮的，就不会这么说了！”“你是说三女巫之一？”“正是，”我说，“听听这位老翁怎么说的。‘在上星期二那天，有一只雄踞在高岩上的猛鹰，被一只吃田鼠的鸱鸮飞来啄死了。’听起来像谁的口吻？”“像三女巫说的话。”我的同伴不情愿地承认。“正是！”我再次说。“好吧，”这位美国女士说，“也许你是对的，但是——”“我肯定是对的，”我说，“知道我现在要去做什么吗？”“不知道，”她说，“你要干吗？”“买一本《哈姆雷特》，”我说，“然后破个案！”我的同伴眼睛一亮。“这么说来，”她说，“你觉得不是哈姆雷特干的喽？”“对，”我说，“我打包票不是他。”“那是谁？”她问，“你怀疑谁？”我神秘兮兮地看着她说：“每个人。”说完，我像来时一样，悄悄消失在小树丛中。

和奥林匹亚兜个风

A Ride With Olympy

奥林匹亚·塞米佐夫用法语称我为“先生”，因为我是塔米西耶别墅的主人，而他是园丁。他是俄国人，他太太玛丽亚则是法国人，在这里当管家。我也用法语称他为“先生”，因为我永远也学不会直呼任何人的大名，也因为他周身恋栈不去的那股法国 1789 年革命之前旧政权的气息。他和我一起喝修士酒，抽我的烟，以及如您将看到的，开我的车。我们用法语交谈，一种我们俩谁都称不上精通的语言，而且我比他还要不通。慌起来时，他法语的“左边”既代表左也代表右，而我要慌起来，法国人就该拉起警备，瞪大眼睛，战战兢兢了。比如说，有一次，我的手腕被玻璃割破了，我冲进酒店大堂，用法语大声嚷嚷道：“我生了刀子病啦！”奥林匹亚就知道怎么说才对（不过到了他嘴里，不管伤到哪只手腕，都会是左腕了），而且他不会大喊大叫，他讲话有点慢条斯理，像是淌过石头的潺潺水声。我通常听不懂他说的话，他难得听得懂我说的话。我们之间的关系玄得如云山雾罩，一个俄国人，一个俄州人，隔着山长水远在法国相会。鉴于凡此种种，我和奥林匹亚的那次事故最终没有酿成一场大祸，真可称得上是奇迹。

我和妻子在昂蒂布角租的别墅“附赠”了奥林匹亚和玛丽亚。玛丽亚是位心宽体胖的女士，脾气就像里维埃拉晴朗的好天气一样，总是乐陶陶的，法国干冷的密史脱拉风永远吹不进她的心里。她肯定不止四十五岁了，但是依然强健得像大树一样。有一次，我怎么也无法把坚守酒瓶的软木塞拔出来，她接过去，轻松一拈就成了，仿佛那不过是株掌叶铁线蕨。星期天，她的儿子会从昂蒂布的军营回来，我们就团坐着喝杯波尔多葡萄酒，有时是塞米佐夫家的酒，有时是我家的。她儿子十八岁，是个有点忧郁的高个儿男孩，在阿尔卑斯山骑兵第六团服役，身着制服和披风令他显得很是英俊。用法国人的话说，他是在第一张床上出生的孩子。和玛丽亚分享第一张床的是一位中士，战时他在军团中负责修鞋，不知怎的似乎攒了不少钱。战争结束，这位鞋匠中士也退了役，他把攒的钱都投到了印度等地某些神秘莫测的项目里，结果赔了个精光。“他死了，”玛丽亚告诉我们，“抑郁而终。”坏运气逼得他走了绝路。玛丽亚说，忧郁最终侵袭了他的大脑，他享年只有三十八岁。玛丽亚不得不卖掉房子缴税，并且出来工作。

奥林匹亚·塞米佐夫是玛丽亚的第二任丈夫，他个儿不高，人很害羞，还长了一部大胡子，隐身在工作服里，人们根本不会再多看他一眼。如果他为星期天盛装起来——穿上件体面的双排扣夹克——你就会发现，他有一张感情丰富的嘴巴，眼睛里盛满动人的忧郁，他的害羞也很有自己的腔调。他在戛纳附近的船厂工作，玛丽亚说他是位造船领域的行家，船厂工休的时候他才来别墅区打点零工。船厂那边七点开工，所以天才蒙蒙亮，他就要起床了，当他回到家时天却已经几乎全黑。每个月，他能从工厂那里拿一份少得可怜的薪水，在别墅当园丁也只挣得上几块铜板。我有时请他帮忙修修家里的东西，从排水管到手表，就没有他修不好的。拿到我酬谢他的一百法郎，他说：“哎呀，先生，这实在是太多了！”“并没有，先生，”我说，“并不算太多。”在一番互相鞠躬和称赞后，他才终于收下。

我们那位有了点年纪的房东太太阴恻恻地告诉我们，奥林匹亚是个“白俄”，身上可能藏了点小秘密，不过我们都觉得这是她中产阶级的想象力作祟。玛丽亚也没能从丈夫那里掏出什么秘密来。革命是有的，奥林匹亚的兄弟姐妹多数都死了，大家都懂革命是怎么回事，而他逃了出来。从此他便开始流亡，自然是再也回不去了。即使玛丽亚知道他在俄国的身份或职业，也从未透露出一丝一毫。他生在俄国，逃了出来，而且十三年前就和她结婚了，欲知后事如何，就是眼下这样啦！你愿意相信奥林匹亚流着沙皇家族的血液也好，不过如果哪则古老的传说，说所有皇室流亡的后裔都天生是驾驶出租汽车的好手，请不要把奥林匹亚算在里面。他生来就不是当司机的材料，我也是直到和他一起开车出门兜风那天才发现，我们开车出去，结果我却走着回来，尤其令玛丽亚不满的是，我是独个儿走回来的。

奥林匹亚·塞米佐夫上下班的座驾是一台只有在法国才见得着的用车轮、发动机和厢体拼凑而成的黑暗系杂交聚合体。第一眼看上去，像失事飞机的驾驶舱。然后是两只前轮和孤零零的一只后轮。这台座驾，除了轮毂和轮胎，以及据玛丽亚说是“摩根动力”牌的发动机，全部纯手工打造。它的主体部分是奥林匹亚供职的那家船厂老板的手笔，不过那块权且由某种木头充当的前挡泥板，不管用英语还是法语说吧，是奥林匹亚亲手加上去的。伞盖般的怪异顶篷来自玛丽亚骄人的手艺，观其前身似乎是几片帆布和围裙。驾驶位在右侧，坐进去之后，司机会变得非常矮，想和他说话必须得弯下腰。驾驶位旁边还有一小块地方，可容一人坐进去，或说缩进去。这东西从头到脚比一台放倒的柜式手摇留声机也大不了多少。它开起来突突响，动静有如内部正在进行一场狗咬狗的混战，全速前进时时速可达三十迈。这件宝贝花掉奥林匹亚三千法郎，约合一百美金。他驾驶这辆车已经三年了，对它那玄妙的机械装置可以说了如指掌。那些镶在仪表盘及地板上的玩意儿，囊括了火钳、汤匙、门把手，他一番推推拉拉，就能让这装置跑起来。逼不得已时，玛丽亚也能神奇地挤进驾驶位旁的位置里，不过我理解她为什么不想乘着这台“摩根”牌去参加嘉年华会。我看出她的不甘心，于是提议奥林匹亚哪天开我的福特牌汽车带她去。玛丽亚让我们相信她丈夫什么车都会开，只要他想，他就能当司机，一位出色的司机。你们瞧，我只需带奥林匹亚到昂蒂布角兜个风，他就能轻松驾驶这台大号的四座汽车了。于是，一天午饭后，我们出发了。

我们沿滨海路行驶，在距昂蒂布半英里处停下车，我没有把车熄火，直接和奥林匹亚换了位置。他探着身，紧紧握住方向盘，这比他握习惯的那个大上许多，距离也嫌太远了。我看得出他很紧张。他试探地将脚虚踏在离合上，用法语问我："这是不是离合？"他难住我了。我所知与汽车相关的法文词汇本就寥寥无几，而且它们还会临阵脱逃。我只得说不知道。我想不起来离合器用法语、意大利语或德语三者中任一语言应该怎么说，其实我的驾驶指南里都写着的，只是我把它忘在别墅了。奥林匹亚说的那个词听起来莫名就是不像离合，虽然那其实是对的。我明白，由美国作家用法语向俄国船只专家解释那个踏板的用途只是白费力气，而且，我其实也不太清楚。我想到个折中的办法，把左脚踩在刹车上。"刹车。"我用法语说。"啊。"奥林匹亚悻悻地说。用排除法来演示某样东西可能的用途，有个烦人的副作用。我把脚挪到油门上，准确地说是用脚趾点在上面，突然"油门"这个法文单词，甚至"汽油"对应的法文都弃我而去。我也开始有点紧张了。"汽油。"我最终用意大利语说。“啊？”奥林匹亚说。开始，需要排除的只有一项，而现在已上升到两项，甚至也许是三项了。多语言系统的人想要准确表述燃气发动机真是道阻且长啊。我们对彼此都失却了一点信心。我想假如当时就放弃，对我们而言或许才是明智的选择，然而我们没有。

奥林匹亚认定多出来的那个踏板就是离合，他从空挡换到一挡，接下来我所知的就是，我们的车开始一连串地小跳，就像麦田里蹿出来的兔子，想看看自己身在何处。这种移动的方式对男人和车子都是莫大的耗损。引擎大声抗议，发出有节奏的哀号。之后，奥林匹亚不知怎的把左脚放到了启动器上，熟悉的闷声抗议再度响起，他放在油门上的右脚随之哆嗦起来，兔子跳亦随之肉眼可见地显著升级了。我立即放弃搜寻启动器对应的单词，而是抓住他的左膝，用法语大喊一声“那是开始”。奥林匹亚刚刚摸到车，自然分辨不出有什么不对劲——说不定是机器的什么老毛病，或性能本身就有点古怪呢。他瞟了我一眼，脸色有点儿发白。我熄了火，大口喘着气，和他讨论了一下启动器的状况。最终，他明白了那是什么，于是我们暂时又东倒西歪地上路了，奥林匹亚挂在低挡，僵硬得像个使用了故技的摔跤选手，说什么都不敢换到二挡。最后，他还是尝试了一下，结果车子咆哮着，一阵猛烈的颠簸，事与愿违：车子像遭到虐打的猎豹般抽搐扭动着，引擎罢工了。

我吓坏了，而且完全摸不到头脑，奥林匹亚也是一样。驱使我们继续下去的唯一动力是满腔男儿当自强的愚蠢骄傲。我指给他看，要换到二挡，得把手柄先稍微向右推一点，他发动引擎，我们又东倒西歪、一步一颤地继续前进。他终于成功换了挡，然而制造的噪声仿佛闪电击中了一家铸造工厂——同时车头猛地甩向右侧。我们差点儿撞上路肩和明渠，那可是一溜硬邦邦的花岗岩浇筑上混凝土形成的。我们蹭了一根电线杆，又紧贴着一段挂满藤蔓植物的墙开过去，荡进车窗的叶片啪啪拍在我脸上。我的声音不翼而飞。项上这颗大好头颅应接不暇地逃过了一难又一难，我有点晕，手脚也有点发软。总算还能支应着去摸索点火开关，只是不留心手腕压到了喇叭。等我把手臂挪开，奥林匹亚却像个乖小孩一样开始按喇叭。我们的车就开在一条沟的边上。我都不知道自己怎么关掉的引擎，总之车子吱吱嘎嘎地停住了。奥林匹亚没开惯左舵车，忘了在他右手边还有一大块空间，里面装着个我。我跟他说：“往左，往左，一直往左！”“啊。”奥林匹亚应道，但他其实根本没听懂。我看得出，他都不知道我们刚刚是蹭着别墅墙上的藤蔓过来的，他一门心思琢磨着换挡这个棘手的问题，根本不清楚车子和我刚刚经历了什么。此刻，他眼中闪过一丝不祥的光芒。他打定主意，下次要换到高速挡，之前的半英里左右我们一直是挂低挡行驶的。

下坡的路段在伊甸岩处折了个弯，有一对上了岁数的英国夫妇正走在那里，他们还不知道高速公路上即将有一条岔路通往地狱。奥林匹亚又挂到了二挡，他像个自行车比赛选手那样向前探着身子。我大喊着要他小心，他说“好的”，就在这时，我们从那对老夫妇身边呼啸而过。我惊恐地回过头，只见他们瞪着我们，四只眼睛、两张嘴巴都张得圆圆的，不能动，也发不出声音。奥林匹亚已冲向了新的危险：一个下坡的发夹弯道，我爹着手，准备好随时紧急拉手刹，他最终开是开过去了，只是过程一言难尽。转入直道后，我放开手刹，奥林匹亚突然决绝地推入高挡，那样子活像要用帽子扣住停驻的蝴蝶，不成功便成仁。我们的车子飙起来了，奥林匹亚没想到速度会这么快。我们前面有一辆小汽车，车距仅有一英尺了，他嗖地超了过去。

“开慢点！”我大叫，又喊，“往左！”我耳朵里又响起电线杆和墙壁的哀号。“现在不是挺好的。”奥林匹亚若无其事地说。我脑海里冒出一个疯狂的念头，也许当年在俄罗斯，他们就是这么开车的。

等在我们前方的是这个岬角最为诡谲的弯道。弯又窄又急，像槌球比赛的柱门，转弯处高耸的石壁将视线完全挡住。不过对面如果有车过来，通常也都是在路的另一侧，所以这下就不能喊“往左”了。我们弯转得不错。对面驶来一辆车，不过它在它该在的那一侧，并且很靠边。但是奥林匹亚显然不这么想。他把方向盘打向右侧，虽说及时反应过来了，却没能及时打回来，于是一声巨响，我仿佛听到了一座青铜纪念碑的轰然倒塌声。我瞥见奥林匹亚的右手像在桌子底下找什么东西那样，一通乱晃。不由得纳罕他的脚此刻在干什么。车子依然在移动，沉重的车身拖行出刺耳的噪声和轰隆怒吼。“打开前灯！”我用法语大喊。“啊——啊啊啊。”奥林匹亚答道。我关掉引擎，拉下手刹，不过这时我们已经停下来了。下车之后，我们先看了看擦撞到的电线杆，再看看车身。右前侧的挡泥板凹陷并且开裂，右后侧的也有破损，除此外倒没有其他问题。奥林匹亚看着我，一脸惨淡，我觉得自己仿佛有义务让他振作起来。“天气真好啊。”我宣布，这句也是用的法语。我也只能想得起这句了。

奥林匹亚知道哪儿有一家修车厂，我们决定过去，这次是我开车。遇到第一个路口时，他说：“往左。”我于是左转。“哎，错了，”奥林匹亚说，“是往左。”他指着另一边。“你是说往右？”我挺自然地问道。“噢！”奥林匹亚说，“没错！”好似连日来令他想破头的那件事，至此茅塞顿开。很多事情大概也已无须多言了。

奥林匹亚说他要走回去，有他看着车，我便先走一步。修车厂的人开车把我送到瑞昂莱潘，我从那儿走回家去——迎接我的是玛丽亚满眼的惊慌失措。我没想到这个：她亲眼看着我们两人一起开车出发，而回来的只有我一个。“要问你的丈夫在哪儿？”我脱口问她。我本意是要她别担心，但这个开场实在太差劲了。既然我替她把问题问出口，索性也直接答了。“他去散步了。”我对她说。接着，我想说，她的丈夫很好，却发错了音，所以我其实说的是她的丈夫很好看。她势必理解为，他不但死了，而且遗体都已经准备好入殓了。接下来的这段时间，令我们双方都饱受煎熬，终于，奥林匹亚垂头丧气的身影出现了。他伤心地向玛丽亚解释，和摩根的车子比起来，福特车实在古里古怪。我也同意。当然了，他表示会支付修车的费用，不过我和玛丽亚都对这一建议投了反对票。在玛丽亚眼中，我赚的是纽约市财政发的薪水，此外还享受一笔不菲的津贴——奥林匹亚在船厂的工作一天才挣四十法郎。

那天晚饭时，玛丽亚告诉我们，她的丈夫在他们家位于房子后身的小卧室里踱来踱去。他心情很烦躁。我不希望鞋匠的旧事在他身上重演，害他被懊恼所侵袭，甚至或许会蔓延至大脑。玛丽亚要离开时，我们让她给奥林匹亚带了几支香烟和一杯修士酒。第二天拂晓，我听到熟悉的嘁嘁、铿铿、锵锵，奥林匹亚那台奇妙的装甲又上路了。前方等待他的是船厂和每天四十法郎，还有他的生计和颜面。两块挡泥板的修理费要用掉他两个星期的薪水，但他总会想出办法的。我坐下来吃早餐时，玛丽亚从厨房走出来，她手里捧着本大部头，递给了我，我瞧见那书翻得旧旧的，书页也散了。《博物馆的艺术——十九世纪法国及域外的著名画廊及艺术史要》(1000 页，58 幅插图)。这是一件奥林匹亚·塞米佐夫送给“先生”的礼物，也是一份青眼相待。这场机动车事故就这样以互赠礼物而圆满落幕了：香烟及修士酒，换来了《博物馆的艺术》。在我看来此类事情就应该这样画上句号，不过，也许是我和奥林匹亚超越了这个时代，又或者被它甩开。

记温希普夫妇之分手

The Breaking Up of the Winships

起初，高丹·温希普两口子闹分手，在我看来不过是一桩小事，就像窗玻璃上的那层霜花。隔天阳光的一个抚触，就会冰消雪融。我本想一笑了之，而且指望他们也能一笑了之，高丹及玛西娅都是我的朋友，所以我其实在两人身上都陪了好些工夫——我去了高丹常去的俱乐部，他只管坐在那儿喝苏格兰威士忌，还抽了过量的烟；又去了他们的公寓找玛西娅，少了高丹，少了他走来走去的身影、捧场的笑声，这里显得空荡荡的。然而一切都是徒劳的，两人谁都不肯回转。到目前为止，他们分居已超过六个月了。我觉得他们复合的可能性已微乎其微。

这一切还要追溯到去李奥纳多餐厅那晚，两人吃过晚餐，喝着修士酒。开始真的是毫无征兆，气氛甚至还很融洽，两人有说有笑，只是随着时间的推移，他们的笑容逐渐冻结，词锋越发尖锐，语气越发疏离。关于他们看过的那部电影《茶花女》，高丹觉得一般般，玛西娅却为之痴狂，因为她非常非常喜欢葛丽泰·嘉宝。她是嘉宝的众多拥趸之一，嘉宝的魅力令他们这些人几乎着了魔，有时甚至如痴如狂。我觉得，起初高丹也是喜欢嘉宝的，但是之后发生的事情，那个晚上，妻子那种近乎信仰的狂热，把嘉宝誉为一时无两，冠绝银屏舞台，四海八荒最伟大的人物，这一点触到了高丹的逆鳞。高丹憎恶（或说曾经憎恶）极端，欣赏（或说曾经欣赏）超脱。在他的审美观念中，超脱是编织女性魅力不可或缺的一条线。他不喜欢看到自己的妻子对任何事“声嘶力竭”，非常遗憾，那天晚上在李奥纳多餐厅，他不但就事件逐字发表了这番高论，还就具体的人发起了指控。

就我所知，玛西娅也做了一番回敬，那时他们已经喝起了掺苏打水的威士忌，所以她说话的音量不免有点儿高，她说对任何事都孤情寡欲的男人实在也算不得真男人，他所自诩对超脱的崇尚，一言以蔽之，不过是一块遮羞布，以掩饰其对艺术进行批判地理解及欣赏之能力的匮乏。她的措辞越发一本正经，修辞越发复杂矫情，句子也越说越长。高丹突然开始发出嘘声，他不停地冲她说：“呸！”（我一向觉得他这个毛病很烦人。）他根本不理会她说什么，甚至权当听不见。这自然激怒了她。“噢，呸你自己去吧！”她终于多多少少算是嚷起来了。他呵斥道：“别吵吵啦，真是要命！你嚷嚷起来活脱脱像一个职业拳击手的经纪人。”她大为光火，却只能以目光作为武器，她的眼神牢牢锁定他，仿佛在看一只令人嫌恶的小型动物，像是一只角蜥。之后，两人都憋着满肚子气，一动不动地闷坐了好一会儿，最后，玛西娅抓回些许自制，有些刻意地将声音放低语气放柔，问他，不论银幕上或舞台上，在世的或已谢世的，在他看来，究竟哪位演员比嘉宝更了不起。高丹想了片刻，以和她同样的轻声细语说道：“唐老鸭。”我根本不相信他当时真这么想，即使现在也不认为这是他的本意。真相如何已经不重要了，她轻蔑地看着他，说这番话恰恰佐证了他浅薄的智能及干瘪的想象力。高丹让她不要再出洋相了——她嗓门儿刚刚又稍微拔高了点儿——然后接着说，她无法理解唐老鸭的过人之处，令他确定了她是个没有幽默感的女人。他说，这本来只是他一直以来的一点怀疑；现在，他讲，他可以确定了。她只想揍他一顿，却选择坐下来，挂上那副专用的蒙娜丽莎式微笑看着他，与画中人不同，她这个笑容的用意主要是蔑视，而非神秘。高丹恨透了这副笑容，他于是说道，嘉宝这辈子连唐老鸭的十分之一都赶不上，任何脑壳里有脑子的人都会二话不说地承认这一点。温希普夫妇的交锋无休无止，两人之间的怨愤越发嚣张，价值观却摇摇欲坠，最终以她单独搭乘出租车回家而暂时告一段落。愠怒之中她甚至连随身的小包还有一只手套都落在了餐馆，而他则换了个晚间也营业的地方，天快亮了才爬起来前往他常去的俱乐部。对了，他下车时，还问了出租车司机一句，问他喜欢葛丽泰·嘉宝还是唐老鸭，司机说，嘉宝是他的最爱。高丹气不过地说："我呸你的，哥们儿！"然后去睡了。

第二天，和其他恩爱夫妻一样，两人都后悔了，然而悔意之下，潜伏着已覆水难收的恶言恶语、冰冷目光、刻薄姿态。她很为他担心，于是给他打了电话。要说呢，她其实并不甘心，但到底还是这样做了。没见到他回家，她其实已经想到他是去了俱乐部，然而脑海里总猛不丁出现他躺在水沟里或出溜到桌子底下的画面，她不由得心烦意乱，于是等到八点钟她打了电话过去找他。听到他粗声粗气的那句"喂"，她只想到——他还活着，谢天谢地！她悬着的心总算放了下来。他的心里可能

也轻松了一点，不过只有一点点，因为他觉得很不痛快。他心里很不痛快，并且认为这番不痛快都是她的错。她说，她很抱歉，他们俩实在太蠢了，而他则嚷嚷着什么，很高兴她终于明白“她自己”太蠢了。这种态度令她之后的话也变得不那么好听了。她懒得废话，问他回不回家。他说，当然要回，那是他的家，不是吗？她告诉他，回去接着睡吧，别再一副讨人嫌的熊样儿了，然后挂断电话。

第二桩故事发生在几天之后，克拉克家的派对上。刚到场时，温希普夫妻两人都还兴高采烈的，大家聚在一起喝喝鸡尾酒，聊聊天，渐渐地他们发现周围的人都有意无意地凑到一位身材高挑、气质慵懒的女士身边去了。她是一位知名的小说家，也是当晚的贵客。长夜将尽，高丹终于博得了她的青眼，把她拽到一边去单独喝一杯。这一刻，他心情很好，兴致亦颇高，于是犯了已婚男人的通病，随口把和妻子之间关于嘉宝与唐老鸭的高下之争说了出来，他潜意识里就是想一吐为快的。这位高挑个儿的女士，拿开烟管，顺着他的心意说，她是站在他这边的。不巧，玛西娅·温希普就在离他们不过十英尺远的地方，正跟一位大胡子男士聊着天，她只依稀听到这段对话中的几个字，而忽略了那位女士的一番心意，便匆匆断定丈夫是有意翻旧账，意图公然羞辱她。我猜，本来过不了多久，高丹就会去把她拉过来，搂在怀里，再“认个输”——他当时其实心情挺不错的。然而这时他看到了她的那双眼睛，她看他的目光冰冷得仿佛他是个透明人，他的心沉下去，火气却腾地蹿上来。

顺理成章，回家的路上，两人不免在出租车里就又大吵起来。玛西娅把那位女小说家贬得一无是处，看来她之前喝的那几杯鸡尾酒的确没白喝，她捍卫嘉宝，痛斥高丹，还将唐老鸭臭骂了一顿。刚开始，高丹还试图解释事情的究竟，突然，他的怒气反而更盛，被冤枉的不平之意令他开始反唇相讥。最后，她打了他一耳光。他耷拉着眼皮看了她片刻，然后声音半含在喉咙里，冷冰冰地说：“到此为止吧，但是我要告诉你，作为艺术家，唐老鸭比嘉宝优秀二十倍，她有生之年拍马都追不上，或你有生之年，如果你能活到那会儿——我真是不明白，既然你活着也没什么价值，又何必费事呢！”随后，他要司机停车，打叠好狼狈的自尊，下了车。“漫画人物！卡通角色！”她冲着他的背影嘶声喊道，“你和唐老鸭，你们俩都是——”司机开走了。

我上一次见到高丹，是事发的隔天，他把东西搬去了俱乐部，睡裤和剃须刀忘了带，他说服自己，他和玛西娅之间的矛盾是关乎荣誉与正直之至关重要的问题。他说，现在这件事已经不可能大事化小，小事化了了。他说，他真心实意地认为唐老鸭和刘易斯·卡罗尔[1]所有作品中的随便哪个动物形象都同样了不起，甚至更好，也许是好得多。他正喝着酒，眼神里有几分狂乱不驯。我提醒他，他曾经可是很崇尚超脱的。他说去他妈的超脱。我笑着打趣他，他却不肯笑。“如果，”他阴恻恻地说，“玛西娅坚持她愚蠢的观点，认定那个瑞典人了不起，而唐老鸭只是个漫画人物，我是不可能继续心安理得地跟她一起生活了。我坚信他是伟大的，创造他的人是个天才，也许是当世唯一的天才。我还深信，葛丽泰·嘉宝不过是又一位没什么稀罕的女演员。我深信这一点，正如我坚信上帝自有旨意！她以为我会怎么做，回去哀求她，违心地认同嘉宝很出色，而唐老鸭只是个卡通形象？做梦！”他狠狠喝下一口威士忌，“做梦！”我插科打诨也没办法劝他走出迷障，只好放下他，去见

---

1 刘易斯·卡罗尔（Lewis Carroll，1832—1898），英国作家，代表作《爱丽丝漫游奇境》。

玛西娅。

玛西娅除了有点苍白，还算冷静，但我发现，她和高丹一样，依然固守自己的立场。她一口咬定，他有意当着那个所谓小说家的面儿羞辱她，那个干巴巴的女人是她见过的所有人中衣着最邋遢的，其矫揉造作的举止显然是为了掩饰个性和智能上的乏善可陈。我试着劝她，关于高丹在克拉克家派对上的态度，是她误会他了，然而她说她可太了解他了。他要离婚那就离啊，要是他想，就和那个女的结婚去。他们可以尽情地坐着聊个一天，再聊个一夜，我才不在乎呢，就聊他们的宝贝儿唐老鸭呗，聊该死的连环画。我对玛西娅说，你犯不上为了这种鸡毛蒜皮的小事如此大动肝火。她说她并非冒傻气，她也不觉得这是什么鸡毛蒜皮的小事。以前可能算是，但是现在不同了。通过这件事，她算是看清了高丹的为人，他就是个恶毒、狂妄的卑鄙小人，竟然下作到当着外人的面儿奚落自己的妻子，那个干瘪的讨厌鬼根本写不出东西来，永远都写不出来。还有，她绝不会为了和高丹·温希普住在同一屋檐下，就违心地改变自己的观点，她不愿也不会那样做，嘉宝的伟大毋庸置疑。这整件事是她身为女性以及——身为，呃，身为女性的正直品格不可或缺的部分。她会重新开始工作，他等着瞧吧。

事到如今，我已无话可说，也无计可施，只有打道回府。我只想把这整桩荒唐事抛诸脑后，然而，事与愿违，那天晚上我梦到了它。我根本不想把这太当一回事，它却深深潜入了我的意识中。我梦到和温希普夫妻二人去野外打猎，我们穿过一片白雪皑皑的原野，玛西娅看到了一只兔子，她迅速瞄准，开火，兔子被击中了。我们一块儿穿过雪地朝兔子跑过去，我率先赶到了。我拎起兔子，吓了一跳——它的确已经死了，但令我害怕的并不是这个。令我深深恐惧的是，这只雪白的兔子穿着背心，戴着手表。我突然从梦中惊醒。我不知道这个梦表示我站在高丹那边，还是玛西娅那边。我不想多加分析，只想忘了这笔糊涂账。

两个汉堡

A Couple of Hamburgers

雨下了很久，缠缠绵绵的冷雨从铅色的云块中落下来。他们早上就开车出发了，前头还有一百三十英里的路要走。现在是下午三点左右。“我饿了。”她说。他瞥了她一眼，视线又回到湿漉漉的蜿蜒长路上，说：“我们待会儿找个小馆子停一下。”她不耐烦地动了动，说道：“可以拜托你不要说‘小馆子’这个词吗？”他按了下喇叭，超过一辆龟速行驶的汽车。“那个，”他说，“就是小馆子。”她忍了片刻才说：“体面人会说那是‘饭馆’。”之后，她又来一句，“就算你称其为饭馆，我也不喜欢那种地方。”他加速爬坡。“大多数餐厅烧的菜还比不上那些地方呢，”他说，“这么说吧，我要在天黑前回到家，去餐厅太耽误时间了。我们可以吃两个汉堡祭祭五脏庙。”她点了一支烟，他让她也给自己点一支。她刻意慢腾腾地点了一支，递给他。“拜托你不要说‘祭祭五脏庙’好吗，”她说，“你明知道我不爱听。就像‘垫垫肚子’，你总说这些字眼。”他龇龇牙笑嘻嘻地。“地道美国人的说法，这俩都是，”他说，“还有像连滚带爬啊。老一辈拓荒者的词儿，连滚带爬。”她嗤之以鼻：“我的祖辈也是拓荒者。拓荒者并不意味着必须很粗俗。”“我家祖先到过西部腹地，你家祖先可没去过。”他说，“真正的拓荒者就是这样连滚带爬地跋山涉水，才扎下根来。”他自得地哈哈大笑。她望着车窗外依次闪过的湿淋淋的树木、交通标志，还有电话亭。接下来的几英里，两人都一言不发，只有他时不时地咯咯笑个两声。

“那个怪声是哪儿来的？”她突然问。每次她听到什么怪声，都会惹他恼火，可谓屡试不爽。“哪有什么怪声？”他反问，“怎么什么怪声都让你听到了。”她笑了一声。“上次轴承坏了你也是这么说的，”她提醒他，“要不是我，你根本都觉察不到。”“我注意到了，好吗？”他说。“是啊，”她说，“你发现时黄花菜都凉了。”每次他发出那种自鸣得意的咯咯笑声，她都很乐意把轴承坏掉的事重提一次。“根本就是等‘你’发现的时候黄花菜都凉了。”他还嘴。顿了一下后，他又说，“那么，‘这

一次’听起来像是哪儿的问题呢？所有引擎运行起来都有噪声，你知道吧？”“我知道得很清楚，”她答道，“听起来像是——听起来像是大玻璃杯里放了很多安全别针，晃来晃去的声音。”他哼了一声：“都是你的想象力作祟。汽车任何部位出毛病声音都不可能像很多安全别针。不巧我刚好懂这些。”她将香烟丢开。“哟，可不是嘛，”她说，“你向来是刚好什么都懂呢。”他们继续在沉默中前进。

“我想找个地方停下来‘吃’点东西！”她高声说。“听见了，听见了！”他说，“我不是一直在找小馆子吗？就是没看到啊。我又不能给你凭空变一个出来。”斜风把雨送进车窗里，扑到她身上，她将自己这一侧的窗玻璃整个摇上来。“可不是什么破烂饭馆我都肯去的，”她说，“不俏的我不去。”他将她从头到脚打量了一番。“你说不怎么着的？”他扬起声音。“你知道我的意思，”她说，“我的意思是干净、体面，服务员不会把东西溅到你身上的那种。我讨厌身上被溅上很多牛奶咖啡渍。”“好吧，”他说，“那我们就找一家俏的。你说了算。我反正不明白。我恐怕会挑到家狡的，而不是俏的。”他觉得自己太机智了，又咯咯笑起来。“噢，闭嘴吧。”她说。

又开了五英里，他们看到一家小店招牌上写着山姆餐馆。“这有一家。”他说着降下车速。她打量一番。“我不想去那儿，”她说，“我不喜欢用小名儿当招牌的。”他把车停在路边。“用小名的又有哪儿不对了？”他压着脾气，装作虚心讨教的样子。“那种餐厅都是希腊人开的。”她对他说。“都是希腊人开的。”他重复了一遍。他咬紧牙关，重新上了路。过了一会儿，他开口了。“老山姆，希腊人，”他哼唱起来，“康涅狄格州的老山姆·比亚兹莱，是个希腊人。”“你又不知道他姓什么。”她打断他。“姓温希罗普，如何？”他说，“老山姆·卡伯特·温希罗普，小馆子的老板他是个希腊人。”他饿了。

他们又快要开到一座小镇，即将进城之前，他降下车速，只听她说：“这里看起来像那种工业化的城镇。”他听懂她的言下之意是不肯在这儿停留。他一路开过去。当眼前的景色再度开阔起来时，她点起一支烟。他把车速减缓，也点了一支烟。“这个镇可比我工业化多了！”他自暴自弃道。他们又走了十英里终于到达下一个小镇。“这儿是托林顿，”他没好气地说，“我知道这有一家小馆子，以前刚好和鲍勃·库姆斯去过。要我说，可俏了。”“我又没问你，”她冷冰冰地说，“你还以为自己多幽默呢。我知道你说的是哪家，”她过了一会儿说道，“就在镇子里，店面大门没有朝着马路。说不上为什么，那种店一直就马马虎虎。”他瞪着她，差点开上路肩。“你说‘店面大门没有朝着马路’到底是什么意思？”他吼道。他现在已经非常饿了。“哎，我可不是信口开河，”她不急不徐地说，“我早发现有些店面的大门开得不正。这样的店普遍比较廉价，因为店都挤在一些奇奇怪怪的犄角旮旯里了。大门正朝着街面的大店才是上好的。”他抿紧嘴唇，开车穿过托林顿。“大门开得不正，我的天啊！”他终于还是吼出来，而她转头看着窗外。

下个小镇的城郊地区有家店面名为精英饭馆。“这家看起来——”她才开口。“知道了，知道了！”他说，“这家又有哪里俏了，要我说，比别的倒霉——”她打断他：“别叽叽歪歪了好吗，我的天啊！”他把车开到餐厅边停下，转过身看着她。“听好了，”他不容拒绝地说，“我要去这里买两个汉堡，就算这家店从上到下都找不到一寸小碎花棉布——”“啧，那么激动干吗，”她说，“你简直像个三岁小孩，饿着了就乱发脾气。要吃那破汉堡你就吃啊，我管你呢？”他们走进店里，坐在柜台前的高脚凳上，服务员走过来，还随手拿抹布揩了揩台面。“要点儿啥，两位？”他说，“真是鬼天气，哈！这种天气只有鸭子乐得起来。”“来两个——”他才开口，便被妻子打断。“我只要一包香烟。”她说。他坐在高脚凳上缓缓转过身，看着她，看她把一角五分硬币塞到自动售烟机里，一包好彩烟弹出来。他又转向服务员。“我要两个汉堡，”他说，“加芥末，多加洋葱。多多的洋葱！”她痛恨洋葱。“我去车里等你。”她说。他没搭茬儿，而她人已经出去了。

他不紧不慢地吃完汉堡，喝掉咖啡。这咖啡简直难喝得要命。接着，他走出餐馆，坐进车里，把车开了起来，还优哉游哉地哼着《谁怕坏蛋大灰狼？》这首歌。大约开出一英里后，他说：“有劳，夫人，精英餐厅有什么不妥吗？”“你没看到服务员擦桌子的那块布吗？”她问。“啧！”她打了个抖。“真是万幸，我一点也不想吃那张吧台。”他说。他为自己的还击自得一笑。“你根本就不知道，”她说，“你永远就这样，什么都不管不顾。那儿脏死了。”“我知道那儿的咖啡挺他妈不错呀，”他说，“风味绝佳。”他知道她爱喝美味的咖啡。他又开始哼自己的小调；然后换成用口哨吹，接着唱起来。她没有显出丝毫不高兴的神色，但是她清楚他知道自己听了很烦。“可不可以麻烦你，告诉我现在几点了？”她问。“坏蛋大灰狼，坏蛋大灰狼——五点零五分——噔——嘀——嘟——嘀——噔——嗯——嗯。”她缩回座椅里，从烟盒里抽出一根烟，在盒子上中、蹾了蹾。“我想快点回家了，”她说，“拜托你发发善心，开快一点。”他依然保持原本的速度。过了一会儿，他不再唱《谁怕坏蛋大灰狼？》了，之后的两英里，两人之间陷入深深的沉默。突然，他又大声唱了起来：“一个哈，一个里，一个根，写作哈里根——”她咬紧牙关。除了《巴尼·谷歌》，她最讨厌的就是这首歌。他接下来很快就会唱《巴尼·谷歌》了，她心里很清楚。突然，她微微向前探了下身，抿紧的唇线几不可见地微微翘起。她又听到安全别针在玻璃杯里晃的声音了，只是这次声音更大也更密集，昭示着不祥。然而他的歌声太嘹亮了，他自然听不到。“哈里根，这个名字从未——蒙——羞，哈——里——根，那就是我！”她一身轻松地靠在座椅上，心满意足地等待着。

马洛医生 *Doc Marlowe*

认识马洛医生时，我年纪还太轻，看不透他，却觉得他是个十分厉害的人物，注定了是要被他吸引的。六十七岁那年，他去世了，我当时十六岁。我们俩年纪差得很多，然而我们之间差别最大的不是年纪，而是彼此的家庭环境。马洛医生是那种走江湖卖药的推销员。他也干过很多别的工作：他演过马戏；拿到过科尼岛的执照，在那儿支过小摊子；开过酒馆；在五十多岁时，选择跟着大篷车四海为家。大篷车的老板奇卡利利是个墨西哥人，会扔飞刀，还有一位弹班卓琴的，人称琼斯教授。演出结束后，就轮到马洛医生上场了，他鼓动起三寸不烂之舌，向众人兜售一瓶瓶包治百病的灵药。关于这些，我是一点一点，陆续了解到的，一些是在他生前听说的，还有一些直到他死后才知道。我刚认识他的时候，他对我而言就是蛮荒西部的代表，所有人中，他是我最佩服的一位。

我是在威洛比太太经营的寄宿公寓遇到马洛医生的。威洛比太太曾在我家当过保姆，我很喜欢她，所以有时会在周末过去看她。我当时大概有十一岁。马洛医生穿了副破破烂烂的皮质裹腿，一件颜色鲜亮的穿珠流苏背心，据他说这件背心是从印第安人那儿弄来的，他还戴了顶牛仔帽，帽子饰带整整一圈都塞上了厨用火柴。他身高约有 1 米 93，宽肩，留了两撇略长的八字胡，还有像卡斯特将军[1]那样的长头发。他收集了很多印第安人的物件儿，还有把六发式左轮手枪，他跟我讲过很多他在遥远西部亲身经历的冒险故事。他的口头禅是："嘿，好家伙！"以及"嘿，好家伙哟！"就像现在有些人说"太牛了！"和"太牛叉了！"一样。他告诉我，有一次，在那种骑着马，双方用印第安战斧的对决中，他杀了一个名叫"黄手"的印第安酋长。他成了我眼中最威风的人。直到他去世，他儿子从新泽西赶来料理后事，我才知道他这辈子从没去过什么遥远的西

1　乔治·阿姆斯特朗·卡斯特（George Armstrong Custer）被称为南北战争的英雄，南北战争后被派到美国西部去镇压印第安人，最终全军覆没，命丧于小巨角河战役。

部。他出生在布鲁克林。

我认识他的时候，马洛医生已经不再跟着大篷车到处跑，但还在卖他所谓的那些“药”。他的货是种药油，大篷车时期本来叫作蛇油。在哥伦布市安顿下来后，他就把这种油的名字改成了黑鹰药油。他卖货的钱时常供不起食宿，老威洛比太太只好时不时让他“赊”几个星期的账。她其实不怎么介意，因为他用药油治好了她右胳膊上一处三十年前扭伤的陈年痼疾。我亲眼见过马洛医生用黑鹰药油给人按摩，那些胳膊腿原本动不了的人，经过他的“治疗”便能动了。找他治病的多是打零工的，或电车售票员妻子这一类人。医生给他们按摩的时候，有的人又哭又叫，也有几个原本走不了路的，按完后不但站起来，还能走上两步。有一个长达七年不能扭头的男人，被医生拿黑鹰药油一番炮制，半个小时不到，他的头就可以像我的一样转动自如了。“赞美上帝！”他高呼一声。“这是药膏里的神秘成分起作用了，朋友。”马洛医生语重心长地对他说。他总是把药油说成药膏。

他创造的奇迹在本地的穷苦人间有口皆碑，然而那些出身比较好的人——他称其为“贵人”，却不会来找他求医。卖药的利润始终少得不足以成为稳定的收入来源，好让他维持生活。一是因为，人们普遍认为魔力其实在医生的手而非他的药。再有就是，黑鹰药油的原料很贵，他真正的收益其实并不多。我之所以这么了解，是因为我以前常常替他去跑化工厂批发原料。药油里添加的每项材料都质优价高，其实这一点人人都知道，并不是什么秘密。化工厂里的一位员工曾经跟我说，他想不通一瓶药油定价三十五美分，医生还能有多少赚头。就算手头很紧，医生也从不在原料上以次充好，或删改配方。威洛比太太告诉我，有一次她帮医生“鼓捣”药油时，向医生提过此类建议，结果他大发脾气。“他鼓捣了一大批品质上乘的药油。”她说。

我发现，医生竟是靠赌博来贴补收入的。每到周六，他晚上会去弗莱克酒馆，和进去歇脚的售货员及铁路工人玩几把扑克，能赢不少钱。几年之后，我才发现医生出千。是他亲口告诉我的，还把他出千的牌拿给我看，我这才知道世上竟有在牌上做记号这种事。那是一个雨天的午后，他和威洛比太太及她的另一位租客派弗老先生玩了几局七点儿。他们赌得很小，因为没赌注医生就不肯玩，而赌注高了威洛比太太就不肯玩。最终输赢只在二三十美分之间，全被医生赢走了。我还记得，当我知道医生用做了记号的千牌骗了老头儿老太时，我是多么震惊、多么愤慨。“你和他们玩儿没有出千吧，对不对？”我问他。“吉米，小子，”他跟我说，“谁叫牌谁赢钱。”他眨眨眼，看我生气似乎反而成了他的乐子。我义愤填膺，却无能为力。我知道绝不能告诉威洛比太太，医生是怎么靠出千在玩七点儿时赢了她。我喜欢她，可我也喜欢医生。有一次他给了我整整一块钱，让我买庆祝国庆日的烟花。

我记得有一次，我在威洛比太太家过夜，马洛医生大半夜就被人从床上叫了起来，有个可怜的女人快急疯了，她的小女儿病了。她提醒医生，她的坐骨神经痛就是他用药油治好的。医生记起她来。他的确用药油给她“治”过病，用了很多药油，花了很大力气，但她一分钱也付不起。他爬起来穿好衣服，就去了她家。我猜那个孩子是得了肠绞痛。医生也拿不准她是生了什么病，只是大量给她涂药油，足足用掉一整瓶。两个小时后，他回来了，他说他使“病痛缓解了”。小女孩睡着了，第二天就好起来，这究竟是不是马洛医生的功劳，我也说不好。“我想谢谢您，医生。”做母亲的当天下午登门道谢时心虚地对他说。他又给了她一瓶药油，却没有收钱，连同他“出诊”的诊费也没收。就算有病患穷得付不起钱，他也从不吝于给医给药。威洛比太太曾对他说，他太慷慨了，也太轻信别人。医生哈哈大笑——朝我挤挤眼睛，他眼睛亮闪闪的，就像当初告诉我打牌时怎样出千糊弄这位老太太那时候一模一样。

某个星期六的下午，我和他一起到镇中的街上闲逛。天气很热，走了一会儿我说想喝杯苏打汽水。好吧，他说，他不妨也喝点什么。我们进了一家杂货店，我要了杯巧克力味的苏打水，他要了杯柠檬盐汽水。喝完之后，他说：“吉米，孩子，要不要和我打个赌，输的人出汽水钱。”他递给我一枚硬币，让我来抛，他来叫花或字。他要了花，结果是他赢。我付完汽水钱，手里只剩下了一角硬币。

我十五岁那年，医生搞出了个他所谓的宣传册。有位小印刷商病势缠绵多年，在医生的治疗下身体大有起色，出于感激，他给了医生一个大折扣，可以印两千份宣传册。册子的内容只有很少一部分和黑鹰药油有关，却主要描述了医生本人和他“在遥远西部的生活”。他抽了一天时间和摄影师去富兰克林公园拍照。他朋友众多，摄影师就是其中一位，他给医生拍了许多一手拿套索、一手持六发式左轮枪的照片。那次我也跟过去了。宣传册印好之后，我们发现里面尽是医生的照片，躲在树后窥探的，在灌木间蹲伏的、悠套索的、举枪瞄准的。其中一个标题是“猎杀印第安人”，还有一个标题是“H.M.马洛医生追踪江洋大盗”。他对宣传册的满意溢于言表，总是随身带着一沓，派给路上遇见的人。

在他去世的两年之前，他不知从哪儿淘来一辆开起来呼哧作响的古董凯迪拉克。他说，他打算重新开始浪迹天涯，但从未成行，因为这辆老爷车太破了，最多只能坚持开个一英里左右。大约就是在那段时间，一对姓哈德曼的夫妇来到了威洛比太太这儿。他们本来是兰卡斯特那边的农民，如今卖掉了土地，于是住进了威洛比太太的公寓。他们特别喜欢听医生的那些故事，他们说，这个人太开朗了，谁能不喜欢他呢？他给哈德曼太太调理她腰上的一处老毛病，而且分文不取。夫妻二人认定他是位正人君子。之后有这么一天，他们表示要去圣路易斯那里看儿子，还聊到了要在圣路易斯定居。马洛医生对他们说，他们应当买一辆称心又便宜的汽车，开车过去，比乘火车要好，可以看看沿途的风景，又多花不了多少钱，要对自己好一点嘛。

正好，他知道哪里有这样一辆称心的汽车。

不用想也知道，他最终把那辆破烂凯迪拉克卖给了他们。他把车寄放在一家修车厂的后院，据他说，他给老板的妈妈治疗过腹股沟痛，所以老板不收他钱。我也不清楚，修车工人用什么手段让那辆车焕然一新，但他做到了。医生带哈德曼夫妇试车的时候，车子确实行进得相当平稳。他跟他们讲，有多舍不得这辆车，最终医生割让这辆爱车的价格是一百美元。我清楚，医生当然也心知肚明，这辆车根本撑不了几英里。

十天后，医生收到哈德曼夫妇从圣路易斯寄来的信。他们不得不把这堆破铜烂铁扔在了西杰弗逊，据他们说当时才开出哥伦布市大概十五英里。医生把信大声读给我听，他从眼镜上方看看我，眼睛亮闪闪的，读着读着就突然来一句："嘿，好家伙！"或者"嘿，好家伙哟！""我只想告诉你，马洛医生，"他读道，"我对你这种不要脸的骗子的看法（嘿，好家伙！）是我再也不会相信你这种双面人、诈骗犯。（嘿，好家伙哟！）西杰弗逊修车厂的人告诉我们，你把那辆破车翻新了糊弄我们。这种下三烂的伎俩连猪都不如，就是猪也不会这样对待白人。（嘿，好家伙！）"这封信不但没有激发马洛医生心底的任何愧疚，反而令他相当快活。读完信，他摘掉眼镜，手盖在眉毛上，闭着眼睛咯咯发笑。我气坏了，因为我喜欢哈德曼夫妇，并且他们也喜欢马洛。马洛医生把信小心翼翼地收回信封，揣进外套的内袋里，仿佛那是什么宝贝似的。随后，他拿起一副纸牌，玩起单人扑克。“想玩几局七点儿吗，吉米？”他问我。我气得肝疼。“不和你这种骗子玩儿！”我大喊一声，跺着脚离开房间，使劲儿甩上门。我听得到他在我背后咯咯的笑声。

我最后一次见到马洛医生，是在他去世的前几天。我对死亡一无所知，但我看到他时，就知道他命不久矣了。他面色灰败，气若游丝，他们告诉我，他很痛苦。我正要出去透透气，他却让我把他书桌上的铁盒拿过去。我依言递给他。他用颤抖的手指在里面摸索了一会儿，终于找到想要的东西，他要我拿着。那是一枚二十五美分的钱币，或者说像一枚二十五美分的钱币，因为这枚硬币两面都是花。“永远不要让别人叫牌啊，吉米，我的孩子。”医生说着，眼中隐隐闪过旧日的光彩，那回荡的咯咯笑声也还是老样子。我还保留着那枚两面是花的硬币。有很长一段时间，我不愿想起它，也不愿想起马洛医生，但是现在，我想他了。

一条狗的小像

Snapshot of a Dog

前些天，我在整理旧物时，偶然翻到他的一张褪了色的照片。他死去已有二十五年了。他是一条牛头㹴，叫雷克斯，这个名字是我们兄弟三人一起取的，当时我们都只有十来岁。“美国牛头㹴。”我们常常骄傲地说，可不是你们那种英国牛头犬。他一边儿的眼睛上有块斑，令他有时看起来像个小丑，有时则会让人想到戴着圆顶窄边礼帽，叼着雪茄的政客。他背上也有一块斑，像个马鞍，以致我总担心那块斑会刺溜一下滑下去；还有他的一条后腿，像穿了只黑袜子，除此之外，他便通身都是雪白的了。无论外表如何，都无碍于他有个高贵的灵魂。他高大、健壮，是造物主的杰作。就算我们兄弟几个交给他某些离谱的任务，为了完成任务不管要如何竭尽全力，他都绝不会有任何失态。有一次我们给他的任务是把一段十英尺长的木头栏杆从后门运到院子里。我们先把木头扶手丢到巷子里，再告诉他去捡回来。雷克斯强壮得堪比摔跤选手，没有多少东西是他叼不动的。他的下巴很有力，不管是叼起来也好，拖着走也好，他都可以把东西放到任何他选中的或我们给他选的地方。他找到木栏杆的平衡点，利落地从地上叼起，信心满满地朝后门跑过来。门只有约四英尺宽，他横咬着木栏杆，当然进不来。他被后门狠狠拒绝几次之后，意识到了这个问题，可是他没有放弃。他最终找到了解决的办法，他咬住木栏杆的一端，喉咙里恶狠狠地呼噜着，将其拖了进来。他对取得的成就感到非常满意，起劲地摇着尾巴。我们时常找没见识过雷克斯本领的孩子打赌，不管他们把棒球扔多高多远，雷克斯都能接住。他几乎从来没有令我们失望的时候。雷克斯可以很轻松地衔住棒球，鼓着一边的腮帮子，像在嚼烟草一样。

他是位杰出的战士，但从不主动挑起衅端。我觉得他其实并不喜欢打架，尽管他祖上代代都是战场上的高手。他从不逮着其他狗的脖子咬，而是只咬住一只耳朵，给他们个教训就算了。不过一旦咬住，他就会闭上眼睛，死也不松口，甚至一咬就是几个小时。鏖战最久的一次，就要说那个星期天了，天色从昏黄变作漆黑。那是在哥伦布市的东区干道，对手是一条坏脾气好叫唤的大型犬，说不清什么品种，大狗的主人是位块头很大的黑人男性。雷克斯咬住大狗的耳朵后，对手那一声接一声的狂吠变成了尖叫，惨得令人目不忍视，耳不忍闻。那位黑人倒有胆量，居然把两只狗拎起来，举高了用力甩出去，最终两条狗像锁在一起的两只锤子般飞出去，重重地摔在十英尺开外，然而雷克斯依然没有松嘴。

两条狗僵持着渐渐挪到了机动车道中央，不一会儿，就有两三辆有轨电车因而被拦在半路。一名司机试图用转辙器连接杆把雷克斯的嘴撬开；有人用木棍做了把火炬，点着火，凑到雷克斯的尾巴跟前，他却丝毫不为所动。后来，附近的住户、店主都来了，你一句，我一句，连喊带建议。战斗一旦开打，雷克斯就开始享受这过程了，几乎称得上岁月静好。咬架时，他表情略带愉悦，并不会让人觉得邪恶，他合上眼睛，要不是扭打带来的混乱局面，你会以为他睡着了。我们最终不得不请橡树街消防局出动——真不知道怎么没人早点想到。他们出动了一队人马，还有五六件装备。软管接上了，强力的水柱喷在两条狗身上。雷克斯又多坚持了几回合，但水柱的冲击让他像在洪水中荡来荡去的一段木头。他最终松开嘴的时候，离他们咬起来的地方已经有一百码远了。

这场荷马史诗式的战斗传遍全城，我家的有些亲戚，把这件事视为令家族蒙羞的污点。他们坚持要我们处理掉雷克斯，但是我们都非常喜欢有他陪在身边，谁也不能让我们抛弃他。他走，我们也不会多留，不管到哪儿去都要在一起。假如他曾挑起事端，或惹是生非，那自然会另当别论。但他其实性情十分温和。在他活得淋漓尽致的十年生命历程中，他从未咬过任何人，除了那些鬼鬼祟祟的人，也从不朝着任何人乱吠。他弄死过猫，这是实事，但是动作干净利落，并不是虐杀取乐，人类对待某些动物也不过如此吧。这个问题我们也没办法改善，但这是唯一一点。他从来没有弄死过松鼠，连追都不追。我也不懂为什么。他对这类事情，似乎有自己的一套哲学。他从来不会追在拖车或汽车后头吠叫。他似乎并不认同追赶那些根本追不上，或就算追上也只能干瞪眼的东西。他自己也清楚，他的下颌就算有力，但一节拖车他都没有足够的力气咬住拖走，何况几节拖车，那完全是另一个世界的事了。

游泳是他最爱的消遣。他第一次见到开阔的大水面是在阿卢姆溪，他沿着陡峭的溪岸紧张地小跑了一段，狂叫起来，最后从离溪面八英尺甚至更高的地方一头跳了下去。我将永远记得他那令人炫目的第一跳。之后，他一会儿顺流而下，一会儿逆流而上，像人一样，单纯是在玩。看他逆着湍急的溪流力争上游实在有趣，每前进一英尺，都搭上一番艰辛，一串咆哮。他享受玩水的乐趣，和我们这些人没什么两样。不必先扔根棍子才能诱导他下水。当然，如果真扔根木棍进去，他肯定会帮你找回来。就算扔下去的是架钢琴，他也有本事弄回来。

我不由得想起那一夜，时间早已过了午夜，他披着朦胧的月色归来，还拖着不知从哪里找到的小柜子——究竟有多远恐怕永远是个谜了，鉴于雷克斯的实力，说是半英里外也算得上保守。他回到家时，柜子上的抽屉已经没影儿了，这柜子肯定不是他从别人家里偷出来的，它显然已经不能用了，是件破旧的便宜货，看样子是被人扔到了垃圾堆。不过，他喜欢，也许因为他把这当成对自己运输能力的一项刺激的挑战，是他魄力的证明。他想方设法把柜子拖到门廊上，夜深人静，他弄出好似两三个人在拆房的动静，我们听到后才发现他的成就。我们来到楼下，把门廊的灯打开。雷克斯站在最上面一级台阶向上拖，但柜子偏偏被卡住了，他就是不松口。我估计，如果我们不出手，他到天亮都不会放弃。第二天，我们把柜子运到几英里外丢掉。如果我们只是随便丢在附近的某条巷子里，他肯定又会把它弄回来，作为他在这项事业上不屈不挠的小小信物。毕竟，我们一直教他运沉重的木质物品，他值得为自己的英勇感到自豪。

我很庆幸，雷克斯从没见过训练有素的警犬是如何跳跃的。他的跳跃本领很是稀松平常，但他是我见过最勇敢、最不服输的一位。不管我们指给他哪道篱笆，他都敢上。六英尺，他可以轻松越过；到了八英尺，除了有力的起跳，最终还需借助爪子，他喉咙里闷声呼噜着，奋力扒拉才能翻过去；然而，直到死，他都不接受这个现实——十二英尺、十六英尺的墙已经非他力所能及了。我们偶尔会给他个机会试试身手，但往往不得不把他拖回家去。他永远不会放弃努力。

他的世界里没有不可能。就连死亡也不能让他倒下。他死了，是的，但正如他的一位崇拜者所说，那是在“与死亡天使搏斗”一个多小时之后。有天傍晚，他走回家，蹒跚、迟缓的步态，和十年来总是欢快地沿街小跑回家的雷克斯大相径庭。他走进门来的那一刻，我想大家已经都清楚，他快要死了。显然有人将他狠狠打了一顿，可能是挑他打架的某条狗的主人。他浑身伤痕累累。他沉重的项圈上满是一次次战斗留下的牙印，现在快要断了，皮带上面大颗大颗的黄铜铆钉脱落下来。他舔舔我们的手，摇摇晃晃，跌倒，又站起来。我们知道他在找一个人。他的三位主人，其中一位不在家。等了一个小时，那位主人还是没有回来。在这一个小时里，牛头㹴像与冰冷、湍急的阿卢姆溪搏斗那样，像奋力爬上十二英尺的高墙那样，与死亡搏斗。当他等待的那个人吹着口哨走进门时，口哨声戛然而止，雷克斯朝他蹒跚地走了几步，用鼻子蹭蹭他的手，再次倒了下去。这一次，他没有起来。

耐人寻味

Something to Say

我和休·金斯密尔碰撞之激烈，以致第一次见面后，他经历了一场头脑风暴，我则是彻夜无眠，到了早上已处于精神崩溃的边缘。

——威廉·葛哈迪《一位语言达人的回忆录》

艾略特·维里克一直在我生命中来来去去。他是唯一一个曾不断将我逼到崩溃边缘的人。1927年7月4日，在纽约阿默沃克的一个聚会上，我第一次见到他。他乘了辆老式的出租马车，时至中午才姗姗来迟，和他同行的是一位身着黑丝绒的女士，他介绍时，说是他的“侄女”，“奥尔伽·内瑟索尔”。结果，她既不是他的侄女，也不叫奥尔伽·内瑟索尔。维里克是位作家，他头天晚上整宿没睡，一直在谈话，所以形容有些枯槁憔悴。他戴了顶海军上将帽，是真货，是他从一位上将那里偷来的。通常，他都随身带着一只老旧的格莱斯顿包[1]，里头装满了烧坏的灯泡，他的乐子就是把灯泡猛不丁朝山墙或室内的墙壁扔过去。他喜欢灯泡爆开，以及随后碎玻璃哗啦啦落地的声音。还有回声，他永远也听不腻。“哈啰啰啰！”不论身在何处，他都要用那副洪亮的好嗓子大喊，就算在空旷的草原上都能引起回声。他总能挑在最不妥当的时候让脏话脱口而出，像是和小孩子，或教区牧师的姐妹聊着时。他这个人不太把别人当回事，很是随心所欲。他到了别人家也随手乱扔垃圾，烟头不是烫坏床罩，就是烫坏地毯；不懂得和别人的女朋友保持距离；也不懂得不要染指你宝贝的三四本书或领带。他沉迷于折断唱片，破坏唱机；热衷于把床单、枕套一撕两半。他会把你的门把手卸下来，你若在屋里，那就别想出去；若在外面，则别想进来。他是真正的艺术火种，有着稀世的天才之资。我刚认识他时，他正在创作一本小说《见过了的苏》。冥冥之中，他从那句司空见惯的“待会儿见”中得到了灵感。他一直没写完，

1 定型口金旅行包。

其实他的任何作品都不曾写完，或哪怕快写完，但是，这都不妨碍我们认为，他是我们这一辈中见解最独到的一位。很明显，他的一举一动都“耐人寻味”。

关于文学的话题维里克向来不乏真知灼见，例如谈起普鲁斯特、歌德、伏尔泰或惠特曼。基本上，他还是挺尊重他们的，不过有时候，而且往往是他喝醉时，他会言辞辛辣，不留情面地臧否这些人的影响力及成就。我后来才发现，他根本没有读过普鲁斯特的作品，却让我对普鲁斯特的理解更深了，也不再对其那么看重，这点他比那些读过的人更厉害。维里克讲话时，喜欢在旁边放台电风扇，他会把报纸卷起来塞到转动的扇叶间，听到的就是那仿佛机关枪射击发出的嗒嗒嗒的声音。这对他而言是种刺激，对我也是，不过我觉得，对他的刺激更显著。反正，他似乎可以从中得到一些我体会不到的东西。他抬高嗓门儿盖过电扇的杂音，好让我听见他说的话。然而，即便如此，我也时不时听不清他在说什么。“什么？”我大声喊。“你听到了！”他叫道，好脾气倏地无影无踪。

我是真的没听到。不过，他不允许质疑，也不接受不同意见。时至今日，我仿佛还能听到电扇在我耳边开机枪的声音。

我想，我某种程度上被留下了烙印。但是想到维里克和他未来可能取得的巨大成就，一切都值得忍受。他谈人一生的利益纠葛，欲望与现实的重叠，艺术与现实背后的象征意义。没喝醉的时候，他酷爱引述桑塔耶拿[1]的作品。“桑塔耶拿，”在他喝醉时则说，“很有分量，因为他的羽毛足足有一吨重。”他笑得直喘气。如果恰好在托尼酒吧，他就东倒西歪地晃悠到厨房，一路总得冒犯几位影评人，把那句话说给在场的每个人听，然后再呼呼喝喝地回来。

维里克坐沙发特别有一套，踢到沙发边了，他就一头栽下去；他还经常一下瘫在不太结实的椅子上，也不管那些吱吱嘎嘎的动静，活像条累坏了的捕鸟猎犬。他似乎向来凡事都不管不顾。例如，你邀请他到家里来吃晚餐，或者其实呢，通常是他不请自来，你人在厨房摇鸡尾酒，他人却不见了。他可能跑到了楼上，把花洒从墙上拽下来，据他说，“把铅管弄折绝对是人生中令人着魔的一项冒险”，也可能不知为何他就一怒之下头也不回地离开了，这反而证明了他的确是一位稀世的天才。当

1　乔治·桑塔耶拿（George Santayana，1863—1952），哲学家、文学家，批判实在主义和自然主义的主要代表。

然，他很可能凌晨两点就又回来了，还带来某位令人敬而远之的女士。他们把火拨旺，彻夜长谈，把桌上的东西悉数扫到地上，唱歌，或数数。就我所知，他有次躺在沙发上，眼睛闭着，极为痛苦地大声数数，一个一个地一直数到两万四千。这是他对机械时代程式化的一种抗议。“成就，”他常说，“是蠢货的愚人金。”他从来不相信着手做某件事或得到任何结果对人类整体或个体有任何益处。若不是他为自己的懒惰找到哲学层面的依据，他本可以写出真正伟大的小说。我们都清楚这一点，因此待他也格外尊敬，现在他走了，我们感到由衷高兴。

有一次，维里克让我去找他，他当时住在一位女士家里，对方要去巴黎办离婚，因而托他照看一下房子。她本打算回来后和维里克结婚的，但他不肯，却也不肯搬出去，最后她只得采取法律手段。“美国女人啊，”维里克说，“就像美国的大学一样，半死不活，索然无味。”等我到了那边，维里克却装作不认识我。当时正赶上他的情绪特别恶劣，局面可以说是一地鸡毛。那段时间他本应当写作，然而他非但没有动笔，还对其他作家评头论足。“歌德，”他说，“是个一肚子草包的蜡像。普鲁斯特其人一言以蔽之，有病。莎士比亚是个傻瓜。如果世上没有伏尔泰，也不必造一个出来了。”诸如此类。他邀请我去度周末，我也打算留下；遇上维里克情绪不对的时候，不论我们谁在他身边都不会轻易留他一人。他经常扬言要自杀，也真的自杀了六七回，不过每一回，都有人出手制止了他。我记得有一回在我家，他深夜把我叫起床。“这一次我不会回头了。”他说完冲到浴室。他在药柜里一通乱翻，想找毒药，幸好里面没有。我跑过去求他。“你还有好多事没有做呢。”我对他说。“是啊，”他说，“还有好多人没骂过。”之后的一整夜，他谈兴颇盛，还干掉了一瓶我原打算送给我爸的干邑白兰地。

他邀请我去那位女士家那次，我正在浴室里洗澡，他就大摇大摆地走进来。“从浴缸里滚出来，你这个蟊贼，”他说，“否则我就报警了！”我自然报之一笑，继续洗我的澡。我还在拿毛巾擦身体，警察来了——他竟真的报了警！维里克若是当个演员绝对出类拔萃，他信誓旦旦地告诉警察这辈子从来没见过我。我被捕了，被带走关了一整夜。几天之后，我收到维里克的一张便条。“鉴于上个星期六我的所作所为，”他写道，“我再也不会邀请你来我家了。”虽然他的忏悔总显得有些不伦不类，但有必要时，总可以像完成古怪的字谜一样填完。他不按套路出牌，有时还有点难搞，但他永远充满新点子。有时，他可以将你逼到你曾以为自己永远不可能达到的地步。

我永远也不会忘记，维里克死里逃生的那件事。一位著名的美国实业家邀请了几位美国作家，还有一班来访的英国客座学者去他位于长岛的住所做客。我们为这趟行程专门租了一辆大型巴士。维里克也在，抵达长岛后，他坚持要亲自开车。那是个寒冷的夜晚，路面结了冰，他一到转弯处就踩刹车，沉重的车体笨拙地打着滑。好几次我们都差点翻到水沟里，还有一次车体剐到了一棵大树，树冠像根火柴似的折断了。我记得那次在场的有H．G．贝内特、阿诺德·韦尔斯、希特威尔家的三个人，还有沃夫家的四五个人。终于，有某个人挺身而出关掉了引擎，另有一位用曲柄给了维里克的脑袋一下。他的朋友们气急败坏。车子停下来后，我们把他抬到车外，放在冰凉的硬地面上。评论家马文·迪恩让维里克躺在自己大腿上，托着他还在汩汩冒血的脑袋，抬头看着同行的这满满一车作家，说道："你们差点杀了他！他这样伟大的天才，你们谁都比不上他！"说得太好了。接着维里克令人惊喜地睁开了眼睛。"我附议。"

说完，他的眼睛又合上了。

我们迅速把他送往医院，两天之后，他又可以下地了。他没给任何人留只言片语就离开了医院，结果是我们大家一块儿凑钱付了账单。当时维里克手里是有点儿钱的，是他母亲给的，不过如他所言，他还用得上呢。“我很高兴他没事，可以出院了。”我对照顾他的护士说。“我也是。”她说。维里克的影响力在每个人身上都不会失效。

此后过了一段时间，我们集体决定筹一笔款子，送维里克去欧洲写作。我早已发现，他的全部作品加起来不过二三十页，大部分稿纸上都留下了酒杯底的环形印记；其中一页写的是一场戏剧的开篇，多少有点格特鲁德·斯泰因的风格。要我说，和所有同类的其他作品一样出色。

我们共筹到一千五百美元，大家委托我去和维里克商量此事，要尽量委婉一点。我们都知道他再继续这样浪掷天赋并非明智之举；他又沉溺于情绪的深渊有几个星期了：他到别人家去，喝光人家的黑麦威士忌，把灯架从墙上拽下来，对朋友和历来公认的文学大家大肆挖苦。我想，对这些人的徒有其表，维里克的认识要比我所知的任何人都透彻，结局却总以他的崩溃大哭收场。“上帝若有德，”他大喊，“全世界有史以来最伟大的作家就在这里！”我们觉得，尽管维里克酒后有几分夸张，但他所说并非全是虚言：诚然，我们再没见过谁像维里克这样，胸膛里燃烧着如此耀眼的天才之火，如果看起来像也算数的话。

他对古根海姆学者奖从来没丝毫兴趣。“古根海姆学样儿——羊！”他气哼哼地说，“规矩点儿，你们这些小家伙儿。别跟我说什么‘古董还没学者奖’！”他就这样妙趣横生地说上一个小时，最终这番长篇大论会在一阵暴怒中达到高潮，这份怒火足以驱使他在十五分钟内拆掉任何人的公寓。

我万万没想到，维里克没怎么为难我就收下了那一千五百美元，我简直喜出望外。我本来以为他会把我们都臭骂一顿，或者发表一番视金钱如粪土的高论，甚至可能会再次以命相威胁，毕竟他上次闹自杀已经是几个月之前的事了。但是没有，他的确发了点脾气，但也收下了那笔钱。“这点钱就算再翻一番也拿不出手吧，你们未免也把我看得太不值钱了。”他说。

维里克这辈子还没拿到过这么多钱，当然，我们应当早点想到，不应该把这钱一下子全给了他。拿到钱的当天晚上，他在曼哈顿西区几家不怎么高档的夜总会及哈林区一带大出了一场风头，豪掷了三百美元，侮辱了几名女性，共计和一名警察、两名出租车司机、两位女士的丈夫打了架，而且战绩是全败。我们立即决定安排他上三天后晚上起航去法国瑟堡的船。我们也不知怎么做到的，一直没让麻烦找上他，开船当晚，我们在马文·迪恩家为他举办告别派对。所有人都来为他送行：吉内·滕尼[1]、休伯特·威尔金斯爵士[2]、冯·卢克纳尔伯爵[3]、爱德华·伯奈斯[4]，以及各位文艺界的人士。维里克喝得酩酊大醉。他把在场的所有人挨个儿抨击了一顿，又批判了休·沃尔波尔[5]、约

---

1 吉内·滕尼（Gene Tunney，1897—1978），美国著名职业拳手，曾获全美拳击冠军。

2 休伯特·威尔金斯（Sir George Hubert Wilkins，1888—1958），澳大利亚极地探险家、鸟类学家、飞行员、军人、地理学家及摄影师。

3 费利克斯·冯·卢克纳尔（Felix Graf von Luckner，1881—1966），德国贵族、海军军官、作家，是一位以绰号“海上幽灵”而闻名的航海家，是法国元帅、法军莱茵河总司令尼古拉斯·卢克纳的曾孙。

4 爱德华·伯奈斯（Edward L. Bernays，1891—1995），美国著名公共关系先驱，曾著《公众舆论之凝结》。

5 休·沃尔波尔（Sir Hugh Walpole，1884—1941），英国小说家，代表作有《木马》《大教堂》。

瑟夫·康拉德[1]、克莱恩[2]、亨利·詹姆斯[3]、哈代[4]、梅雷迪思[5]。他跟《无名的裘德》这个书名较上了劲。“无名的裘德，”他嚷嚷道，“无行的裘德，无常的六月，反的六月月亮。”他一针见血的批判与杰出的创造力结合，形成一份与刘易斯·卡罗尔没什么两样的独特幻想。有一次，我如实告诉他了，“去他的吧！”他却破口大骂。他生性敏感，最恨人家当面夸奖他；当然，此后他对卡罗尔的作品一直冷眼相待。

派对就这样继续。大家听着艾略特·维里克的高论，像被咒语镇住似的，说不出话来。他的实力绝对不容小觑。不管到哪儿，他都是众所瞩目的唯一焦点。船在午夜起航，快要十一

---

1 约瑟夫·康拉德（Joseph Conrad，1857—1924），波兰裔英国作家，有“海洋小说大师”之称。

2 斯蒂芬·克莱恩（Stephen Crane，1871—1900），美国著名的现实主义文学家。

3 亨利·詹姆斯（Henry James，1843—1916），美国著名小说家、文学批评家、剧作家和散文家。

4 托马斯·哈代（Thomas Hardy，1840—1928），英国诗人、小说家。代表作品有《德伯家的苔丝》《无名的裘德》《韦塞克斯诗集》。

5 乔治·梅雷迪思（George Meredith，1828—1909），英国小说作家和诗人，作品有小说《理查德·费维莱尔的苦难历程》和诗作《现代爱情》。

点时，我觉得最好帮维里克整理一下，出发去码头了，但哪儿都找不到他。我们的心都提了起来。我们搜遍每个房间，床下、橱柜里都找了个遍，他就这样不见了。有几个人跑下楼，到外头大街上找，他们问出租车司机，问路过的行人，有没有见过他，一个瘦高个儿，头发长得快戳到眼睛，形容憔悴又疯狂的男人。谁都没见过。有人想到要去屋顶看看时，已经十一点半了，我们顺着梯子爬上去，推开活动天窗来到屋顶。维里克就在这里。他侧着头摊手摊脚地趴在屋顶，后脑被某件重物——可能是个瓶子——敲破了。他已经死了。“这是人世的痛失，”迪恩轻声说，他低头看着那将要归为尘土的可怜人，我们是三生有幸才会认识他，就在刚刚，他还是这世上最忘我燃烧的天才，“地狱的硕果。”

我想我们都有同感。

天空中的马路牙子

The Curb in the Sky

查理·德什勒宣布他要和桃乐丝结婚之时，有人说他很快就要疯了。“非也，”某位对这对准伉俪均知之甚深的贤者说，“你这是倒因为果了。”桃乐丝其人，从小就酷爱接话茬儿。有时接得不对，被接了话茬儿的人不喜欢，偶尔接对了，却更是惹人讨厌。

“在威廉·霍华德·塔夫脱还——”某位去桃乐丝家拜访的客人说。

“是总统！”桃乐丝抢着说。说话的人也许的确要说“是总统”，也许只是要说“年轻”，或“是美国最高法院首席大法官”。不管他原本想说点什么，都会立即戴上帽子回家去。很多家长都是这样，桃乐丝的父母也不例外，他们似乎意识不到她这个习惯有多么令人讨厌。很可能他们觉得那样显得她很可爱，甚至挺聪明。故事甚至可能就是这样开始的，桃乐丝的妈妈首先说：“来，桃乐丝，来吃——”桃乐丝接道：“菠菜，亲爱的。”妈妈又给正在工作的爸爸打了电话，告诉了他这件事，而他又告诉了见到的每一个人——当天见到的，以及第二天，还有第三天的。

桃乐丝长大后，出落得十分漂亮，也越发生人勿近。男人们往往被她吸引，进而爱慕上她。他们为她心神荡漾，但是要不了多久，精神就会被她击垮。早在十七八岁时，她就有纠正别人语言的习惯了。“不是‘was’，亚瑟，”她说，“是‘were’。‘准备好了。’记住了吗？”她的追求者对她这个癖好多半都忍下来，贪图她美丽迷人，但是随着时间的推移，他们发现，比起情感交流，她对教育他们的兴趣更浓厚，便逐渐退开，选择了或许有点笨笨的，却没那么吹毛求疵的女孩。

然而，查理·德什勒生性冲动，遇上突如其来的爱情，他对朋友们的提醒充耳不闻，认为那不过是嫉妒，他很快和桃乐丝订了婚，紧接着结了婚。他对桃乐丝其实一无所知，眼里只有她美丽、热情的明眸，他觉得这女孩儿很合自己的心意。

作为妻子，桃乐丝迎来了自己的全盛时代：她开始纠正查理的故事。他去过很多地方，见多识广，口才也是一等一地好。他们谈恋爱时，桃乐丝打心眼儿里喜欢他和他的故事，因为并没有亲身经历他说的那些冒险，她也无从知道他哪里说得不对，比如时间、地点或身份。除了偶尔纠正一下他动词单复数的用法，她基本上不太打扰他。况且，查理本身英文就说得很好——他知道“if”后面什么时候用“were”，什么时候用“was”——这也是他没能真正了解桃乐丝的一个原因。

他们婚后，我过了很久才登门拜访，因为我喜欢查理，不想看到他不再被她的魅力彻底麻醉，我知道亲眼看着他苏醒过来，感觉到现实带来的第一份痛楚，我心里会很不好受。等我终于见到他们，发现情形果然如我所料，并不乐观。晚餐时，查理说起他们的一次旅行，两人开着车去某个小镇，以及其他镇——我始终说不清他们究竟去了哪些小镇，因为不管查理说什么桃乐丝都有不同意见。“第二天，”他说，“我们起了个大早，开了两百英里去费尔围——”“嗯，”桃乐丝说，“要我说，那可算不上早了。还没有我们第一天出门的时间早，毕竟头一天我们七点就起床了。而且我们只开了一百八十英里，因为出发的时候，我看了一眼里程表。”

“反正，我们到费尔围时——”查理继续。但是桃乐丝打断他。“那天去的是费尔围吗，亲爱的？”她问。桃乐丝打断查理往往都在反问他，他是否说得对，而非告诉他，他错了，不过这都是一回事，比如他若回答：“没错，我很确定是费尔围。”她就会说：“可惜并不是，亲爱的。”接着，亲自讲下去。（她要反驳谁，就管谁叫“亲爱的”。）

偶尔我去拜访他们，或他们来我家时，桃乐丝会让查理把某个有趣的故事讲到快到达高潮时，然后像个从后方掩杀过来的橄榄球阻拦球员一样，在他就要冲过球门线的一刻把他扑倒。这世上对精神和思维最严重的摧残莫过于此。有些做丈夫的比较看得开，就听之任之了——看上去还似乎有点引以为傲，既然被妻子打断了，就让她们接着把故事说下去吧，然而这一类丈夫都没什么出息。查理不是会轻易认输的人，但是妻子一个接一个的阻击令他喘不过气来，他逐渐意识到必须采取点儿行动了。他的做法堪称巧妙绝伦。他们婚姻第二个年头的年底，每次去德什勒家，查理就会讲些稀奇古怪的故事，全是他做过的梦，因为他清楚那是他的梦，桃乐丝不可能说清孰对孰错。这成为他生活中仅存的可以自主的部分。

“我觉得我开着一架飞机，”他说，“机身是由电话线和几块旧皮革制成的。我想开着它，从卧室飞到月亮上去。然而，开到半空，我遇到一个男人，他看起来很像圣诞老人，只是穿了身海关官员的制服，他招手要我停下——他也在一架电话线做的飞机里。于是我把飞机停在一朵云旁边。‘嘿，’他对我说，‘如果这些婚礼饼干是你发明的，你就不能上月球。’接着，他拿出一块婚礼场景的饼干给我看——画面里有一男一女，还有一位牧师，是用面团捏的，牢牢粘在一块又薄又脆的圆形饼干坯上。”他就这样继续说下去。

随便哪位精神科医生都将告诉你，查理的结局是变成偏执狂而发疯。没有人可以生活在虚幻的梦境中，夜以继日，日以继夜，还能保持清醒。查理生命中实质的部分逐渐消亡，他开始彻底生活在阴影下。这种偏执最终可能导致他不断重复讲述特定的某个故事，查理的创造力越来越薄弱，他最终开始一遍又一遍地讲述他第一次细致描绘的那个梦——他乘着电话线做的飞机飞往月亮的奇怪故事。这真令人心碎。大家都陷入无尽的感伤中。

一两个月之后，查理终于被送进了精神病院。送他过去时，我刚好不在本地，不过乔·富尔茨去了，还把送他的情形写在给我的信里。“他似乎立即就喜欢上了这里，”乔写道，“他镇静了一些，眼神也正常多了。”（查理后来有种癫狂、惊恐的神情。）“当然，”乔总结道，“他终于摆脱掉那个女人了。”

几个星期之后，我开着车去那家精神病院探望查理。他躺在一间宽敞的日光室里，折叠床上的人苍白而瘦弱。桃乐丝坐在他床前的椅子上，眼神明亮而热切。看到她也在，我着实有点意外，我本以为查理终于逃出妻子的掌心，赢得了一个避难所。他看上去相当狂躁。他立即对我讲起他奔月之行的故事。他讲到那个长得像圣诞老人的男子招手要他停下的地方。“他也在一架电话线做的飞机里，”查理说道，“于是我把飞机停在一个马路牙子——”

“不对。你停在一朵云旁边，”桃乐丝说，“天空中才没有马路牙子，那是不可能的事。你停在了一朵云旁边。”

查理叹口气，稍稍在床上侧了侧身，看着我。桃乐丝也看着我，脸上漾起美丽的微笑。

她说：“他总是把这个故事说错。”

布吕尔先生奇案

The Remarkable Case of Mr. Bruhl

塞缪·O. 布吕尔和你我一样，相貌平平，只有一点出奇，他的左颊上有一块鞋形的疤，是他小时候磕在拖车牵引架上留下的。他在一家糖浆及翻糖公司担任财务主管，工作颇说得过去，太太体态丰润，又很爱他，两个女儿都很乖巧，还有他位于布鲁克林那温馨的家。他的工作朝九晚五，平时的娱乐就是偶尔看看演出，打打高尔夫。他的球技虽说一般，却足以自得其乐，通常晚上十一点他就要上床睡觉了。夫妻二人有一条名叫伯特的狗，几位好友，一辆旧车。他们已经习惯了这种稍显平淡，却很舒心的日子。

没有哪门子道理说，塞缪·布吕尔不应该这样平静地活下去，直至死于某种司空见惯的疾病。命运为他安排的一生，应有一份平凡的生活，一场简朴却体面的葬礼，一块不张扬的墓碑。他这个人温吞水一样的脾气，过着一成不变的日子，连梦里都没什么奢求，看到这样的他，谁都不免这样描绘他的一生。一句话，他就是个普通人，就像原本人们眼中的贾德·格雷[1]一样。巧合还不止于此，同样是温和的居家小男人，塞缪·布吕尔也像贾德·格雷一样，在成百上千的男人中突然被选中，卷入了飞来横祸，走向难以预料的离谱结局。说来也真是令人唏嘘，他恐怕做梦也想不到，会是左颊上的鞋形疤招来了这场祸端。假如他是良心有愧，或灵魂抽风，则另当别论；而且若精神或情感上有什么不端他也活该受苦，但荒唐的是，这场无妄之灾的缘起仅仅是他童年的一场意外，除此之外，他没做错任何事。

塞缪·O．布吕尔和花名“鞋疤”的乔治·克林尼甘长得很像。克林尼甘的左颊上也有同样一个特别的鞋形伤疤。他们的身高、体重以及肤色都相仿。仔细看，其实很容易看得出克林尼甘眼神狡诈，而布吕尔则眼神清澈，同时嘴巴显得很和气，额头也更高。但是乍一看，这位制糖公司的财务主管和那个流

1　1927 年美国一起谋杀案的主谋之一，他与自己的情人鲁斯·施奈德合谋，杀死了后者的丈夫。

氓混混实在长得太像了。

如果克林尼甘的名声没有恶劣到尽人皆知，造物主的这场玩笑或许不会浮出水面，可惜他的的确确已臭名昭著，而且很多人都看出来他和布吕尔长得有相似之处。克林尼甘中枪当天，以及之后的第二天、第三天，报纸上天天都看得到他的照片。不久，制糖公司就有人发现克林尼甘长得和布吕尔先生很像，而且是极其像。很快，这个消息就传开了，大家不只互相讨论，还有人跑去告诉了布吕尔先生。

起初，布吕尔先生只当是人们多了个闲谈的笑料，直到克林尼甘住进医院一个星期之后，有一天，他下班的路上，遇到位警察牢牢盯住他看。此后，这位小财务主管发现不少陌生人看他的目光都是半惊半惧。还有一位深肤色的小个子男人，突然把手探进大衣口袋，脸色微微变白。

布吕尔先生这才担心起来，想象力开始登场。“我希望这个克林尼甘一病不起，”一天早餐时他说，“他这种坏蛋，不如死了好。”

“噢，他会好起来的。”布吕尔太太边翻着报纸边应道，“报上说，他会好起来。不过也说，他们还会再给他一枪。这上面说，他们肯定会再给他一枪。”

一天晚上，克林尼甘趁着夜色，偷偷从侧门溜走，离开了医院，消失在人海中。第二天早上，布吕尔先生决定不出门上班。“我今天感觉不太舒服，”他对妻子说，“你给办公室去个电话，告诉他们我病了，好吗？”

“你脸色不太好，”他的妻子说，“你脸色真的不太好。下去，伯特。”后一句她是对着跳到她膝盖上，哼哼唧唧的小狗说的。就连动物也觉察到事情有点儿不太对劲儿。

布吕尔先生在家晃荡了一整天，到了晚上，他在报纸上读到，克林尼甘人间蒸发了，不过可以确定还藏在本市。他的那些乱七八糟的营生都需要他出面，至少在赚到足够的钱之前，还无法脱身；他出院时已身无分文。报纸上说，他的对家帮派势必会追踪到底，把他找出来，再给他一下。“再给他什么东西？”布吕尔太太读到这里问道。“聊点别的吧。”她的丈夫说。

率先发现布吕尔先生恐惧的是制糖公司的内勤小乔伊。乔伊踩着网球鞋到处跑，这天突然闯进了财务主管的办公室，他一把推开门，正要开口说话。

“老天爷！”布吕尔先生从椅子上弹起来，大叫一声。“啊，

怎么了，布吕尔先生？”乔伊问。还陆续发生了其他几件小事。一天下午，总机小姐给布吕尔先生打电话，说有个男人等着见他，某位格罗布先生。“他长什么样儿？”布吕尔问，他从来不认识什么姓格罗布的人。“个头儿很矮，肤色较深。”总机小姐说。“小个子，深肤色？”布吕尔说，“告诉他我不在。告诉他我去加州了。”同事们议论纷纷，最终达成一致意见，那就是财务主管怕被误认为“鞋疤”，招来惹不起的麻烦。不过他们一点儿口风也没透露给布吕尔先生，因为奥利·布雷索夫特不让他们说。他也是布吕尔的同事，人胖乎乎的，酷爱捉弄人，一肚子的鬼点子，现在他就有了一个。

一直有人在查找克林尼甘的下落，但始终生不见人死不见尸。布吕尔先生的体重直线掉下来，变得经不起一点儿风吹草动。他开始变着法儿地换路线上班，其中一条需要倒两班渡轮。他不再出门吃午餐，听到电铃响也不去开门，东西掉地上的声音会令他惊叫出声，有出租车司机向他招徕生意，他会吓得冲进商店或银行。一天早晨收拾房间时，布吕尔太太在他的枕头底下发现一把左轮手枪。“我在你枕头下找到一把枪。”当天晚上她和他说。“这个社区的强盗太猖狂了。”他说。“你不该持枪。”她说。他们吵了起来，直到睡前还在争论，结果他一肚子气，她则满怀不安。布吕尔把所有门都锁好，正在脱衣服，电话忽然在这时响起来。“找你的，塞缪。”布吕尔太太说。他磨磨蹭蹭地走过去，经过伯特旁边时他对小狗说：“我宁愿是你。”他拿起听筒。“听好了，‘鞋疤’，”一个沙哑的声音传过来，“我们把你找出来了，懂吗？你死定了。”电话被挂断了。布吕尔一声惨叫。他太太跑过来。“怎么了，塞缪，怎么回事？”她喊道。布吕尔脸色煞白，虚弱地跌坐到椅子上。“他们找到我了，”他呻吟着，“他们找到我了。”米妮耐着性子一点一点询问，才从布吕尔嘴里掏出来，他被误认为克林尼甘，还有他死定了。布吕尔太太裹着睡衣冷得直哆嗦，她不是多机敏的人，但她有种直觉，低头看着崩溃的丈夫，她的直觉告诉她，这是奥利·布雷索夫特搞的鬼。她立即给奥利·布雷索夫特的妻子打电话，从布雷索夫特太太那里得知真相后，她结束了通话。刚刚那通电话就是奥利打的。

得知并没有黑帮在追杀他，马斯科塞特制糖公司的财务主管如释重负，第二天，他向公司的同人坦白，开始那一分钟确实中了奥利的计。布吕尔先生甚至也跟着旁人打趣自嘲起来，嘻嘻哈哈了一整天。此后的大约一个星期，这位居家小男人的心态逐渐平稳下来。现在报纸上已经见不到什么克林尼甘的消息了，他彻底不见了踪影，黑帮火并也暂归平静。

一个星期天的早上，布吕尔先生开车带太太和女儿出去游玩。车子在布鲁克林的街道上开了大约一英里，这时布吕尔先生抬头瞥了一眼后视镜，他发现一辆蓝色的轿车跟在他们后面。见到路口，他立即转弯，那辆车也跟着开进了小路。布吕尔再次拐弯，那辆车依然紧紧尾随在后。“你这是要去哪儿，亲爱的？”布吕尔太太问。布吕尔先生没有回答，他加速，把车开得飞快，他一个接一个地急转弯，车后轮都空转起来。有位交警大声呵斥他。他的小女儿尖叫起来。布吕尔只管开，在车道上钻来钻去。布吕尔太太气急败坏地开始吼他。“你疯了吗，塞缪？”她喊道。布吕尔先生回头看看身后，已经看不到那辆轿车了。他降下车速。“我们回家，”他说，“我受够了。”

一个月来太平无事（这要特别鸣谢布雷索夫特太太），塞缪·布吕尔也逐渐恢复了常态。就在他几乎显不出一点儿异样那天，化名杀手刘易斯，又化名扼杀者科特施克的斯拉基·潘西欧塔中枪死了。斯拉基就是扬言要干掉“鞋疤”克林尼甘的那个帮派的头目。报纸立即又接着上回说起帮派争斗的故事。克林尼甘的照片重新出现在各大版面。报上说，潘西欧塔的死只会带来一个结果："鞋疤"克林尼甘死定了。布吕尔先生读到这里，再度崩溃了。

稍微有点儿动静他都会一惊一乍，有次附近车子排气管回火的声音吓得他差点昏过去。就这样战战兢兢地过了一个星期之后，塞缪·布吕尔仿佛忽然换了一个人。他说起话来嘴唇都不带动的，眼神也总不怀好意。他越来越像"鞋疤"克林尼甘。他对妻子吆五喝六。有一回，他管她叫"宝贝儿"，他一向都只叫她"米妮"的。他的吻也变了，令她觉得非常陌生，吻得粗鲁，甚至粗暴。工作中，他变得刻薄且专横，还经常说些大家都听不懂的词。一天晚上，夫妻俩请朋友格里根老先生和太太过来打桥牌，布吕尔先生突然从楼上现身，他穿了套猩红的睡衣，叼着烟，手里握着他的左轮手枪。他先是没头没脑地大声自吹自擂了一通，忽然朝壁炉架上的钟开了一枪，正中钟面中央。布吕尔太太尖叫出声。格里根先生晕倒了。厨房里的伯特也号叫起来。"你们有啥毛病？"布吕尔粗声粗气地说，"你们这帮软蛋。"

纯粹是偶然，布吕尔太太发现布吕尔在壁橱里藏了近十本关于黑帮及匪徒的书。有《阿尔·卡篷传》《你赢不了》《万人公敌》，类似的还有好几本，而且每一本上面都有仔细翻阅的痕迹。布吕尔太太意识到，必须有所行动了，她决定找个医生来给丈夫看看。布吕尔已经有两三天没去上班。他赖在卧室里，穿着他的红睡衣，只管抽烟。办公室打了一两次电话来。布吕尔太太催他起来，穿上衣服去工作，他却哈哈大笑，粗鲁地拍拍她的脑袋。“那是圈套，孩子，”他说，“我们只管稳坐钓鱼台，其他的都见鬼去吧。”

医生终于来了，他轻手轻脚地进入布吕尔的卧室，出来时神情非常凝重。“是精神错乱，”他说，“典型的精神错乱。您的丈夫活在自己的幻想世界。他建起一种奇特的防御机制，不知是为了抵御什么东西。”医生建议他们请一位精神病领域的专家，但他离开后，布吕尔太太决定带丈夫出城度个假。马斯科塞特制糖公司二话不说就同意了。斯库利先生表示当然没问题。“塞缪对我们非常重要，布吕尔太太，”斯库利先生说，“我们都盼着他快点好起来。”布吕尔太太离开后，他让人核查了布吕尔先生的账目，还是要照章办事嘛。

没想到塞缪·布吕尔一点儿也不抗拒外出的主意。“我需要休息一下，”他说，“你说得对。咱们这就走吧。”动身前往中央车站时，他看上去还一切正常，突然他又非要去125街的车站乘车了。布吕尔太太不同意，这不是没事找事嘛，结果平时恩爱有加的丈夫却冲她大发脾气。“天啊，我这是挑了个什么蠢娘儿们啊。”他专门说给米妮·布吕尔听，而且还有更难听的，他说如果他倒了大霉，都怪他亲自挑了这么个活宝贝儿。“你说是不是啊？”他说着，一把把她从出租车的座位推到地板上去。

他们来到山里的一家小客栈，条件说不上特别好，不过房间还算干净，吃得也还行。这里可供消遣的不多，只有一个简易高尔夫球场和一个坑坑洼洼的网球场，不过布吕尔先生并不介意。他说反正外头也太冷了，他就在室内，读点儿东西或抽支烟，晚上玩玩餐室的那架自动钢琴。他喜欢一遍又一遍地播放《那些你不知道的事》。某天夜里，九点左右，他第七次还是第八次，要把五分镍币投进去的时候，四个男人突然闯进了餐厅。他们全都身穿大衣，背着像是装乐器的箱子，一言不发。他们老练、利落地从箱子里取出各式枪支，步伐一致地朝布吕尔先生逼近。他转过身，正好看到他们站成一排，朝他瞄准。

餐厅里别无他人，只听得一阵盖过一阵的枪声，火光四射。布吕尔先生倒在地上，那四个男人迅速鱼贯而出，谁也没多说一个字。

布吕尔太太、州警，包括旅店经理用尽了办法只想让伤者开口。离这里最近的市局警长维茨尼茨也尽了力，但没用。布吕尔只是大喊大叫，要他们走开，让他一个人待着。最终，纽约市警察局的督察奥唐诺也到医院来了。他问布吕尔那些人长什么样。“不知道，”布吕尔暴躁地说，“就算知道，也不会告诉你们，”他沉默了片刻，阴恻恻地添了一句，“这些条子！”督察叹口气，转身离开。“全都是这样，”他对房间里的其他人说，“这些案件的受害人通常都不肯开口。”听到这里，布吕尔先生面露微笑，那是志得意满的一笑，然后闭上眼睛。

论贾德·彼得斯的运气

The Luck of Jad Peters

爱玛·彼得斯阿姨八十三岁时，也就是她去世那年，那块粗糙的大石头依然放在她闲置的前厅里，它约有二十磅重，和贾德·彼得斯收藏的其他幸运纪念品一起放在那张桌子上。石块搁在了中间，旁边尽是些稀奇古怪的零碎玩意儿：一块帐篷的碎帆布片、一小截松木、一份泛黄的电报、一些旧的剪报、一只软木瓶塞、一张外科医生开的账单。对这些奇怪的收藏，爱玛阿姨向来是避而不谈的，只有一次例外，在她弥留的日子里，有人问她，要不把那块岩石丢掉吧，这样她会不会好受些。"就留在利斯贝思原来放的那儿吧。"她说。有关这些幸运纪念品的故事，我其实都是听家里其他人说才知道的。其中有几位亲戚觉得把岩石摆在这些收藏里有点不"体面"，但是利斯贝思阿姨，也就是爱玛阿姨的妹妹，坚持要这样。事实上，就是利斯贝思阿姨雇人把石头搬进屋，和其他东西一道摆在桌上的。“和其他东西一样，这也是上天的意旨。”她说。她不苟言笑地坐在摇椅里前后摇晃。“造物是不容亵渎的。”她补充一句。她是那种很虔诚的信徒。我见到她多是在葬礼上，她高且干瘦，不苟言笑，只要能躲开，我一定不去跟她搭话。她喜欢葬礼，喜欢看人家的尸体，我有点儿怕她。

还是接着聊爱玛阿姨放纪念品的那张桌子吧，桌子上方的墙面上挂了一个沉重的相框，里面是一张贾德·彼得斯的全身照。他是爱玛阿姨的丈夫，照片里的他，头戴帽子，身穿大衣，还拎了一只箱子。20世纪初，我在孩提时代每次被送到俄亥俄州糖林市的爱玛阿姨家时，总爱跑去看那张照片。我当时跑去只是为了看那张照片，岩石以及其他东西都是很久之后才陆续放过去的。我觉得好好笑，怎么会有人戴着帽子，穿着大衣，还提着箱子拍照。更好笑的是，竟然还把照片放大到等身尺寸，镶上那么花哨的相框。每当我们小孩子偷偷溜到前厅去看照片时，总会被爱玛阿姨赶出去，从来没有侥幸得逞过。要是我们问她照片的事，她就说：“不关你们的事。”不过长大以后，我还是知道了这张照片背后的故事，以及贾德·彼得斯是怎么成了人们口中的幸运贾德。其实呢，真相就是贾德本人最先这样称呼自己的；当年，他竞选县政府的职位，把“幸运的贾德·彼得斯”印在了竞选名片上，然而他最终落选了。人们只在想嘲笑他时，才会提这个绰号。

早在 1888 年，贾德·彼得斯三十五岁左右时，他的生意似乎做得相当不错，经常要来往于各地之间。有一个星期，他去了纽约，打算稍后坐船去纽波特。然而，家里出了点儿事，他的一位员工给他拍了封电报说：“勿往纽波特，速回。”贾德的故事是这样的，他已经上了船，船马上就要起航，这时电报送到了。他说，电报送到酒店时他退房才几分钟，是一位热心的酒店工作人员硬要信差把电报送到码头的。这是贾德讲述的版本。不过听过这个故事的人，普遍认为贾德是在酒店收到的电报，也许离开船还有好几个小时，因为他讲故事其实挺爱添油加醋的。不论如何，管他究竟是不是赶在收踏板的最后一刻冲下船，总之起航时他已经不在船上了，大船离港八九个小时之后，遭遇到了风暴，船沉了，船上的人全部罹难。这就是为什么他会拍下那张照片，并且放大：他说，他下船时就是这个模样。也正是从那时起，他开始收藏幸运纪念品。几年来，他一直把那封电报和船难的相关剪报夹在家里的《圣经》里，忽然有一天，他又全都拿了出来，放在前厅的桌子上，外面还罩了只玻璃大钟罩。

从 1888 年到 1920 年贾德去世，这段时间他过得很太平。在人们的记忆中，去世前的几年，他成了个唠里唠叨，有点烦人的老头儿，而且由于总是游手好闲，生意也惨淡收场，他最终在糖林市附近的一个小农场安顿下来，生活很是拮据。六十多岁时，他开始酗酒，爱玛阿姨的生活从此可以说是愁云惨雾。我实在想不出，她靠什么坚持缴他的寿险保费，不过她总算做到了。她的一些亲戚私下里议论，贾德这样经常喝醉，还不如哪天吐着吐着就死了的好。爱玛阿姨一直也没多喜欢他，这从来不是秘密——她会嫁给他，完全是因为他每星期求两次婚，一直求了七年，而她也没其他心上人；她不和他离婚，一是为了孩子，二是她家没有离婚的先例。不说贾德如何，一年年过去，她成了一位话不多，但很亲切的老太太，但晚餐时，贾德不知又从哪儿冒了出来，她也会不由得紧紧抿起嘴唇。他经常在外头厮混一整天，通常是在村子里普伦蒂斯的店里，他闲得无聊就爱往那儿一坐，说他 1888 年在纽约港，赶在最后一刻从那艘注定要沉没的船逃出生天的故事，还有几个新近的逃命故事，都多多少少有点信口开河。例如，说到他的阑尾炎手术，他说，医生已经决定放弃他的时候，他才从麻醉中苏醒过来。主刀的本汉姆医生听说后，很不高兴，在街上遇到贾德后，就立即告诉他以后不要再乱说了。结果，贾德却反而把医生的账单添加到他收藏的护身符之列。还有一次，他夜里胃酸得厉害，就从床上爬起来，想去喝一大口胃药，却糊里糊涂抓起一瓶苯

酚。他说，拔开瓶塞前，仿佛冥冥之中有什么告诉他，先看一眼瓶子，于是他把药瓶拿到灯下，打开灯一看，竟然是苯酚！就是这次，瓶塞也进入了他的收藏。

老贾德自此一发不可收拾，几乎糖林市当地或附近的每场天灾人祸，他都能为自己琢磨出一则死里逃生的故事。例如，有一次风灾，费尔菲尔德县市集的一顶帐篷被吹塌了，有两人遇难，还有十数人受伤。过去九年、十年来，贾德年年都去那个市集，只有那一年没去。他说，那一年冥冥之中有什么告诉他，离那个市集远一点。事实上，即使他往市集去的那些年，他也只挑星期四去，而帐篷倒塌的那天是星期六，但贾德完全不在意这些细节。他没去，帐篷被吹塌了，死了两个人。这场事故之后，他前往搭建市集的营地，从那顶帐篷上割下一块帆布，紧挨着苯酚瓶塞放在了前厅的桌上。幸运的贾德·彼得斯！

我觉得，爱玛阿姨已经达到不管贾德说什么都当听不见的境界了，只有晚上邻居们来做客时例外，那时她得好好把握谈话的方向，绝不能让贾德有丝毫机会说到他那些死里逃生的惊险故事。但他总能见缝插针。他擅长等待时机，他坐在椅子里前后摇晃，让椅子吱嘎作响，一下下叩着牙，至于农作物、秋海棠，近来关于斯宾塞家那个智力不足的孩子的报道，他只是有一搭没一搭地听着，只要谁说话时停顿得稍长，他就会立即清清喉咙，说这令他想起他打算去普伦木材场找几块 4 乘 2 的方材加固鸡舍那次事件。我说，先生们，他先在家转悠了几圈，正要出门去普伦木材场，冥冥之中有什么告诉他一步都不要动。正是那天，木材场的一块木料从料堆上滚下来，压断了格兰特·普伦的腿，他最终不得不截肢。我说，先生们，他起了个话头儿——不过这个关头，爱玛阿姨就会立即打断他。“大家都听过那个老掉牙的故事了。”她干巴巴地笑笑，抓着旧蒲扇冲自己狠狠摇几下。贾德就沉下脸，坐在椅子里前后晃，还一下下叩着牙。一般到了这个当口，客人们就要起身告辞了，但他是不会起身送一送的。至于普伦木材场虎口脱险的纪念品，当然就是那一小截松木啦。

我觉得，贾德的那些纪念品，凡是记得的我已经都说了一个遍，只剩那块粗糙的大石头还没提过。这块石头的故事很不寻常。1920 年 8 月，市政规划师打算加宽霍金河位于糖林市城外的这段河道，需要把河床炸开些。我从未听克里姆·沃顿亲口讲过这件事，不过反正有听他讲过的人告诉我了。大概就是克里姆正沿糖林市的主干道走着，大约差一刻四点，他看到贾德迎面走过来。克里姆和贾德是老交情了——他们这辈人中，没几个人受得了贾德，他还可以——两人站在人行道上，聊了起来。克里姆后来估计他们也就聊了五分钟左右，忘了是谁说“那就这样吧”，于是两人分道扬镳，各走各的，贾德要去普伦蒂斯的店，因为左髋风湿痛，他走得很慢，克里姆则朝着相反的方向前进。走了十来步，克里姆突然听到贾德叫他。“嘿，克里姆！”贾德说。克里姆停下脚步，转过身，看到贾德掉头朝他走来。贾德走了约有六步，突然飞上天，用克里姆的话说是“像一麻袋盐巴”似的，砸到了麦瑟尼马具店的正墙上。克里姆赶到他身边时，他已经走了。克里姆说，他到死都不知道自己是被什么砸中的，而且过了好几分钟，也没有任何人弄清是什么砸中了他。之后，围观的人群中有人发现排水沟旁的路面上有一块沾满泥巴的大石头。是炸药引爆炸飞了河床上的石头，因为这组炸药分量特别大，威力也就特别猛。于是石头就像加农炮的炮弹一样，飞过四层高的杰克逊大厦，正中贾德·彼得斯胸口。

我估计，老贾德下葬还不到两天，普伦蒂斯店里的小伙子们提起这件事时就不再一边说一边沉痛地摇头了，而是纷纷当成了笑话。其中要数卡尔·格雷格最会耍贫嘴。“我说，先生们，”卡尔道，“如今我们可能永远都不会知道，不过冥冥之中一定有什么告诉贾德转过身来。”

世上最伟大的人

The Greatest Man in the World

时间来到 1950 年，站在今天回望历史，有了更清晰的视角，只会令人不由得惊叹，这件事来得比预想中晚了许多。自从莱特兄弟的“雏鹰号”在基蒂霍克镇成功起飞后，美利坚合众国就不管不顾，一门心思要弄出个重磅炸弹以震惊世人，这种想法迟早要害自己上西天。然而国民英雄横空出世也是历史的必然，这一天终于还是来了，虽然这个人他智识一般，身世寒碜，性情孤僻，可他不眠不休飞了那么长的时间，那么远的距离，理当尽情享受与这一级别的飞行员相称的无上荣光。无论是对国家荣誉还是国际关系友好来讲都很幸运的是，林德伯格[1]和伯德[2]，以及其他声誉卓著的飞行员，都是标准的绅士。他们头戴桂冠，仪态高雅，经受住了公众舆论猛烈的冲击，和杰出的女性缔结婚姻，太太往往出自名门，然后低调地归隐私人生活，体验各自不同的命运。他们完美的表现赢得了高得吓人的声誉，而且全世界也找不出什么恶性事件能损其分毫。然而，任何法则都有例外，这也是注定的，而且这个意外已经来了。1937 年 7 月，艾奥瓦州韦斯菲尔德市一家小修车厂的机修工助手，杰克·“伙计”·斯穆奇驾驶一架二手、单引擎的“布雷斯塔文飞龙三号”单翼飞机进行了一次无着陆环球飞行。

在斯穆奇的这场飞行之前，航空史上还没人敢放这种大话，否则在别人看来无异于痴人说梦。新罕布什尔州的天文学疯子教授，查尔斯·刘易斯·格雷沙姆博士发明了一种怪模怪样的浮式辅助燃气箱，本来谁也没当回事，斯穆奇却对它信心十足。1937 年 7 月初，这位汽车修理工出身、身材结实却不过分、性

1　查尔斯·奥古斯都·林德伯格（Charles Augustus Lindbergh，1902—1974），又译作林白。美国著名飞行员。1927 年 5 月 20 日至 21 日，林德伯格驾其单引擎飞机，首次进行无着陆跨洲飞行，因此获奥特洛奖。

2　理查德·伊夫林·伯德（Richard Evelyn Byrd，1888—1957），美国海军少将，20 世纪航空先驱者，极地探险家。

情乖戾、貌不惊人的年仅二十二岁的年轻人出现在了罗斯福机场，他慢条斯理地嚼着一大口烟草，放出大话：“这世上还没人见识过真正的飞行。”各大报刊以寥寥数语好好笑话了一番他这次二万五千英里的飞行计划。航空及自动化方面的专家三言两语地予以驳斥，暗示这是一场骗局、一场炒作。那架锈迹斑斑的二手破飞机是飞不起来的。格雷沙姆发明的辅助燃气箱就是个摆设。这一切纯粹是个廉价的笑话。而斯穆奇先是去布鲁克林的某家大型纸箱厂探望了一位在折叠车间工作的女孩，这位姑娘就是他近来常挂嘴边的“甜地瓜”。然后，世人应永远铭记的 1937 年 7 月 7 日拂晓，他若无其事地爬上那架滑稽的飞机，吐出一道烟草汁，弧线划破宁静的空气，他起飞了，飞机上只带了一加仑的私酿琴酒和六磅萨拉米香肠。

这个修车厂男孩驾驶飞机轰鸣着飞越大洋时，各大报刊不得不老老实实追踪报道这个脑袋坏掉的无名之辈，却纷纷将他的名字花式拼错，他竟真的打算开着快散架，也只有一个引擎的玩意儿飞越大洋，这么长的航程，补充燃料却只靠某位疯狂的小学校长发明的装置，实在是过于异想天开了。在全程无着陆飞行九天之后，这架小小的飞机出现在旧金山湾的上空，朝

着纽约继续前进，诚然飞得有点踉踉跄跄，但仍在空中就是壮举，是奇迹，别的什么消息，包括伊利诺伊州的州长遭到维莱蒂邦枪击的事件，都一早就被换下头版头条，相关的报道达到空前盛况，逐渐占到二十五栏，还有三十栏。然而值得一提的是，关于这次划时代的飞行，对飞行员本人的情况却谈得不多，倒不是因为这位英雄没什么可说，而是实在一言难尽。

斯穆奇的飞机刚出现在法国海滨小镇塞利－梅尔之际，就有记者匆匆赶往艾奥瓦，去挖掘这位牛人的生平，却立即发现他的故事不宜出版发行。他的母亲在韦斯菲尔德附近露营营地旁的一家小馆子里做快餐，她脾气不太好，但凡有人问到她儿子，就气哼哼地说："哈，让他见鬼去吧；他还不如淹死的好。"他的父亲似乎是因偷窃营地游客车上的射灯和毛毯进了监狱；而他的软骨头弟弟不久前刚从艾奥瓦普雷斯顿少管所逃出来，现在正因偷窃邮局的空白汇票受到西部几个镇的通缉。令人头大的发现一个接一个，与此同时，那位 20 世纪最伟大的英雄"伙计"·斯穆奇，却饿着肚子，强忍着睡意，撑着模糊的双眼，开着他那架破烂飞机飞往纽约，飞往同时代任何人都未曾享有的无上荣光。而高空之下，他平生的黑料正一点点被挖出来。

报界遇上一个非同寻常的难关，要报道这个年轻人势必绕不开他的职业背景和个人经历。如实披露绝对不可行，早在他的环球之旅才飞到欧洲的一半时，民众对这位年轻英雄的推崇爱戴，便已像燎原之火一样势不可当。因此，他被描述成这样一种形象：金发碧眼，为人谦逊，惜字如金，却在朋友间颇有声望，也很受女孩青睐。他们找到的唯一一张斯穆奇的照片，拍摄于某个游乐园的一家廉价照相馆，他坐在假汽车的方向盘后。照片被加以修饰，使这个小乡巴佬看起来竟相当英俊，他吊儿郎当的狞笑也被调整成讨人喜欢的微笑。就这样，关于这个年轻人的真相便与那些爱戴他的同胞隔绝开来，他们做梦也想不到在那个艾奥瓦的无名小镇，邻居们对斯穆奇一家，包括英雄本人都是又憎又怕。一家人不胜枚举的劣迹，令他们成为韦斯菲尔德远近驰名的祸害及潜在麻烦。记者们发现，他曾持刀刺伤他高中时的校长，虽然不致命，但是他确确实实拿刀伤过人；还有一次，他偷教堂祭坛的桌布时，用一盆复活节百合砸了圣器管理人的头；两次他都被判进少管所服刑。

尽管这种念头很可怕，但不论是纽约还是华盛顿当局都在祈祷，请通情达理的上苍向这架破烂生锈的飞机和开着它的杰出飞行员降下天谴吧，他这番前无古人的飞行令文明世界开始歇斯底里般山呼万岁。当局相信，以这位声名鹊起的飞行员一贯的做派，众人的追捧定会令他原形毕露，整个世界都将知道，他天生就是个无行无德的小流氓，根本配不上他骄人的声望。“我相信，”在内阁为应对这一国家危机而召集的众多秘密会议中的一次上，国务卿说道，“我相信，他母亲的祈祷会实现的。”他所谓的祈祷是指，爱玛·斯穆奇太太曾祈祷儿子淹死。然而，一切都太迟了——斯穆奇先后掠过大西洋及太平洋，仿佛跳过磨坊挖来带动水车的小水塘一样。1937 年 7 月 17 日下午两点零三分，修车厂男孩将他那架蠢飞机以完美的三点式着陆降落在罗斯福机场。

当然，为全世界最伟大的飞行员安排一场小小的招待会是非常没分寸的。他在罗斯福机场受到精心筹备的隆重欢迎，堪称举世瞩目。然而幸好，精疲力竭的英雄旋即陷入昏睡，人们得以将他从飞机里抬出来，没给他开口的机会，便将他偷偷带离了机场。于是，首次记者招待会得以免遭他破坏，保存下脸面，这次招待会列席的有陆军及海军部长、纽约市长迈克尔·J.莫里亚蒂、加拿大总理、法尼曼州长、格罗夫斯州长、麦克菲利州长、格里奇菲尔德州长，以及数位杰出的欧洲外交官。事实上，斯穆奇也没赶得及参加第二天在市政厅举行的盛大宴会，他被紧急送往一家僻静的疗养院，强制卧床休养。九天之后，他才能起床，或说得更确切些，他才被准许起床。与此同时，全国最举足轻重的人物齐聚，决定举行一次从市到州到国家各级官员参与的隆重而秘密的会议，斯穆奇也将出席，接受一些关于英雄的道德及行为方面的指导。

这位小机修工终于获允起床，穿上衣服的那天，他嚼到了两个星期以来的第一口烟草，他被批准接受采访——只是为了对他进行一下评估。斯穆奇没等着人家发问。“你们这些家伙，”他说——《时代杂志》的记者眉头皱了一下——“你们这些家伙可以告诉世上那些门缝里看人的家伙，我比林德伯格强，瞧见没？对了——还让那两只青蛙好好出了个丑。”他所谓“两只青蛙”是指两位杰出的法国飞行员，两星期前他们在环球飞行中途，不幸在海上失踪了。就当时的情形而言，《时代杂志》的记者算是非常有种，他三言两语向斯穆奇说明了一下，这种情况下接受采访时有什么约定俗成的模式，像是不要发表任何贬低其他英雄成就的傲慢言论，尤其是其他国家的英雄。“呸，见鬼去吧！”斯穆奇说，“我做到了，懂不懂？我做到了，而且我就要说。”他果然想怎么说就怎么说了。

这些过激的言论当然都没有发表。相反，在由政治家及编辑组成的临时秘密机构研究讨论的指导下，各大报刊向躁动的世界宣告，“杰机”（“杰机”是人们给他的爱称）只愿意说，他很开心，他的成就任何人都做得到。“我取得的成就，恐怕，稍稍被过誉了。”《时代杂志》文章中的他，面带谦逊的微笑，这样谦辞道。报纸上的那些故事都封锁在这位英雄的视线之外，但这并不能阻挡他的脾气越发暴躁。事实上，情况相当不乐观，“伙计”·斯穆奇一直说“要赶紧走”。这个国家的人民疯狂地崇拜他，实在无法永远把他藏起来。这是自“卢西塔尼亚号”[1]沉没以来，美利坚合众国所面临的最令人绝望的危机。

7月27日下午，斯穆奇被悄悄带到一间会议室，几位市长、州长、政府官员、行为心理学家，还有编辑等在里面。他用湿

1　1915年5月7日，满载着1959名乘客（大部分是美国人）和船员的这艘英国班轮，在爱尔兰海岸被德国潜艇击沉。

乎乎的手和每个人都胡乱击了个掌，难看地咧咧嘴算是笑过。“诶，咋了？”他说。斯穆奇落座后，纽约市长站起来，满脸的尽人事听天命的样子，努力让他明白，在公众面前，有什么是他必须说的话、必须做的事，最后还高度赞扬了一番他身为英雄的勇气和正直。紧随其后的是法尼曼州长，他先是发表了一通关于信仰的动人宣言，接着介绍了卡梅伦·斯波茨伍德，他是美国驻巴黎大使馆的二等秘书，被选中指导斯穆奇如何得体地进行社交。杰克·斯穆奇坐在椅子里听他们怎么说，他手里拿着条脏兮兮的黄色领带，衬衫领扣开着，他没有刮胡子，吸着一支卷烟，笑得吊儿郎当的。“懂了，懂了，”他恶狠狠地打住他们的话头，“你们想让我像个娘炮那样，嗯？你们想让我像那个——娃娃脸林德伯格那样，嗯？哈，做梦，听明白没有？”每个人都倒吸一口凉气，咽下各自的长吁短叹。“林德伯格先生，”一位美国议员气得脸色铁青，他说，“还有伯德先生——”原本正拿小刀削指甲的斯穆奇再次打断别人。“伯德！”他喊道，“我的老天爷，那个大——”有人连忙厉声打断他的污言秽语。房间里又进来一个人，所有人都站了起来，只有斯穆奇还安坐着，连头都没抬，继续弄他的指甲。“斯穆奇先生，”有人正色道，“这位是美国总统！”人们原本以为，见到元首，这位年轻的英雄会有所收敛，多亏新闻界通力合作，总统才能避人耳目，来到这间不为人知的会议室。

一阵巨大、令人手足无措的寂静落下来。斯穆奇抬头看看，朝总统招个手。“你咋来了？”他边问边又卷了一支烟。寂静愈静。有人紧张地咳了一声。“天啊，真热，是不是？”斯穆奇说。他又解了两颗衬衫纽扣，露出长满毛的胸膛，还有上面的文身。他文了一颗心，心里面文着“莎蒂”的字样。房间里的众位大人物，眉头紧皱，面面相觑，他们遇上了近来美国历史上最严峻的危机，似乎谁都不知道接下来要怎么办。“赶紧，赶紧地，”斯穆奇说，“咱们快点离开这鬼地方！啥时候我才能去你们的派对，嗯？派对里都给点啥？”他意有所指地搓搓拇指和食指。“钱！”一位州参议员惨呼一声，大惊失色。“对，就是钱，伙计，”说着，将烟弹出窗外，“一大笔钱。”他开始卷下一支烟，“一大笔钱。”他重复道，拧着眉头对付卷烟纸。他坐着向后一撑，椅子前腿翘起来，他吊儿郎当地笑着，一一打量每位绅士，这是那种野兽清楚自己实力的狞笑，是猎豹被放进了宠物店的那种狞笑。“哎哟，我的天，咱们找个凉快点儿的地方吧，”他说，“我都被关了足足三个礼拜了。”

斯穆奇起身走到一扇开着的窗前，他站在那儿，望着九层楼之下的街道。报童的吆喝声隐隐飘上来，他听出自己的名字。“牛啊！”他欣喜若狂地叫道，乐不可支。他从窗台探出身来。“让他们好好听听，孩子们！”他朝楼下喊，“真牛！”在这紧张而微妙的时刻，站在他身后的那一小群人突然冒出一个疯狂且冲动的念头。一个无声的祈求，抑或命令，响彻整个房间，然而只听得到一片死寂。纽约市市长秘书查尔斯·K．L．布兰德刚好站在离斯穆奇最近的地方。他探询地看了一眼美利坚的总统。总统大人脸色苍白，神情严峻，几不可见地点了下头。布兰德身材高大，结实有力，曾是罗格斯大学橄榄球队的阻截手，他上前几步，抓住那位世界上最伟大之人的左肩和裤裆，将他推出窗外。

“天啊，他从窗户那儿掉下去了！”一位机灵的编辑嚷道。

“送我离开！”总统喊道。有几个人冲到他身边，护送他快步离开，朝大楼的侧门而去。美联社的编辑接掌了局面，他已经习惯这类事情了。他利落地吩咐好谁走谁留，并迅速拟出一个故事，所有报纸都同意原样刊登，还派了两个人去将街上的

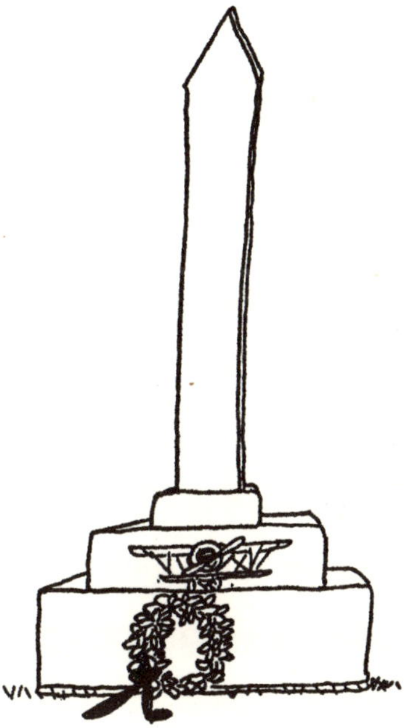

悲剧料理清楚，指示一位参议员开始抽泣，两位国会议员表现慌乱崩溃。总而言之，他娴熟地安排好接下来的艰巨任务，也就是向世界沉痛宣布这个令人痛彻心扉的故事，世上最杰出、最光彩夺目的人物意外英年早逝了。

如你所知，这是美国举行的最隆重、最体面、最肃穆、最沉痛的葬礼。阿灵顿国家公墓的纪念碑由洁白的大理石石条制成，底座上雕了一架笔触简单的小飞机，供朝圣者们怀着深深的崇敬前来瞻仰。

各国都向美国最伟大的英雄，年轻的杰克·斯穆奇致以崇高的敬意。全国人民统一在规定的时间默哀两分钟。就连艾奥瓦州韦斯菲尔德那个无名小镇的居民，也观看了这感人的仪式——司法部的特工担着责任呢。其中一位特工被专门派到镇外露营营地边上的那家小快餐店，他的任务就是冷着脸守在店门口。在他严厉的目光逼视之下，爱玛·斯穆奇太太低下头，看着烤架上两片嗞嗞流油的汉堡牛排——她低下头，转过身去，这样特工就看不到她唇上的那一丝扭曲——令人觉得莫名熟悉的狞笑了。

晚上七点

The Evening's at Seven

整个下午他一直没有开过办公室的顶灯，现在他将书桌上的台灯也关掉。离晚七点还有一刻钟，天很黑，下着雨。他听到出租车、卡车驶过的声音，还有不时响起的喇叭声。远处的汽笛传来癫狂的尖叫，他想：这声音里透露出几分岁月如刀、黯然心碎的痛苦。他想着，等到了第三大道，或九十五街，就不会再听到这声音了。

他慢慢站起身，慢慢戴上帽子，慢慢穿上泛着潮气的大衣，他对自己说，如果搭出租车，七点就能到家了，到家后，我会说哈啰，亲爱的，书桌上会亮着两盏晕黄的灯，摆好了报纸，然后我会说晚饭前我想先躺几分钟，她会说好吧，问问我这一天过得怎么样，就两三个小问题，我会一一回答。

他走出办公室，来到街上，天很黑，下着雨，他点燃一支烟。一个年轻男人从他身边走过，大声吹着口哨。又有两个女孩走过去，聊得热火朝天，仿佛天没在下雨，仿佛这不是适宜沉默与追忆的时刻。他向一辆出租车招手，车停下来，他坐进去，只浅浅坐了个椅子边儿，终于司机问道，去哪儿？他说了正在想的那个门牌号。

看到他，她很意外，但他相信，她也是开心的。再次来到她的公寓，这感觉真好。很快地，他们面对着彼此，他却觉得像是遇到了某个网球场上的对手。她很想知道（但她不会问出口）他怎么突然来了，而他也不能照实说：我告诉出租车司机一个门牌号码，结果是你的门牌号。他不能这样说，而且事情也并不是这么简单。

房间里很暗，外面雨还在下。他点起一支烟（其实并不想抽），看着她。他望着她和往日一般无二的美妙姿态，她说他看上去很累，他说他不累，然后他问她，刚刚在做什么，然后她说，噢，也没什么。他讲话，拘束地只坐了半张椅子，之后她讲话，优雅地躺在贵妃榻上，他们聊两人都认识，却谁也不关心的那些人。他的意识主要放在外面的雨、室内柔软的昏暗以及旁的雨和旁的昏暗上。他站起来，在房间里走一走，看看照片，但并没有真的看进眼睛里，随即感觉到昏暗中有什么熟悉的旧东西在闪着光，毫无预警地，他以前送给她的一样东西闯进他的视野，一件不贵重却有趣的东西，现在看来却没那么不贵重却有趣了，而是庞大、显眼，而且令人尴尬。他撇开脸，继续问别的他也没什么兴趣的人。噢，她说，然后说这，说那，说于是，说比如（她说的什么，他全都充耳不闻）。对，他心不在焉地说，我想是这样。非常，他说（是在回应别的什么东西），非常。噢，她笑他，也没那么夸张！他们谈了些什么，他根本一无所知。

她向他要一支烟，他走过去给了她一支，他没有碰她的手指，却充分感知到她的手指在哪里。他想到了一天的薄暮，下着雨，天色昏暗；他想到了四月天、吻、欢笑声。他看到壁炉架上有一只时钟，时间指在七点过十分。她说，你从前一直认为时钟不可靠的。他笑笑，盯着她看了一会儿，说我最晚七点半要回到酒店，不然就会没东西吃，是那种的酒店。“噢。”她说。

他走到桌前，拿起一个小雕像，再格外小心地放下，他用眼角的余光打量着他以前送给她的那个不贵重却有趣的庞然大礼。他想着，要不要吻她，什么时候吻她，她愿意让他吻吗，还有她是不是也在想亲吻的事。然而她的问题是，他住的酒店今晚吃什么。他说，蛤蜊浓汤。星期四，他说，他们向来是煮蛤蜊浓汤的。所以你才知道哪天是星期四，她说，还是说这样你才知道哪一天要吃蛤蜊浓汤？

他再次拿起小雕像，又放下，这样他才能看一眼时钟（不被她发现）。七点已经过去了十八分钟，时钟又触发了他心里那股说不清道不明的滋味。她说，千万不要赶不及吃饭啊（她记得的，他讨厌“吃饭”这个词）。他迅速转过身，迅速走过去，坐在她身边，拉住她一根手指，她看着那根手指，没有看他；他也看着那根手指，没有看她，仿佛那根手指是什么横空出世，不得了的东西。

他突然起身，拿起帽子和大衣，又突然放下，唐突且坚决地朝她迈了两步，她的双眼似乎微微瞪大了。有门铃声。噢，她说，一定是克拉丽斯。两个人都松了一口气。他脸上挂起了问号，她说，是我妹妹。然后他说，噢，当然当然。不一会儿，克拉丽斯像是昏沉沉的雨天里来的一场小爆炸，叽叽喳喳地说着这个那个：亲爱的他，这个可怕。人人都这样，没什么大不了，我说。他说，要是你能想象得出！他拿起帽子和大衣，克拉丽斯对他说哈啰，他也说哈啰，然后看了下时钟，七点已经过去快要二十五分钟了。

她陪他走到门前，神情美妙，外面下着雨，天很黑，令人心情美妙，然后他笑了，她也笑了，她想说点什么来着，但他已走到雨中，扭身和她挥别（虽然并不想和她挥别），她关上了门，不见了。他点上一支烟，任手被雨淋湿，任烟被雨淋湿，雨水顺着他的帽子滴下来。一辆出租车开过来，司机跟他说了句什么，而他说：什么？又说：噢，当然。现在他要回家啦。

他赶在七点三十分回到家，几乎分秒不差，他对老斯宾塞太太说了句晚上好（她的丈夫是个病号），又对老福尔摩斯太太说了句晚上好（她的波美狗是个病号），他点头，他微笑，而此刻，他坐在桌前，和女侍应聊着天。她说：太太会下楼来吧，对吗？他说得没错，她会的。接着女侍应说今晚有蛤蜊浓汤和清炖肉汤：你向来是要蛤蜊浓汤的，我没记错吧？不，他说，今晚我要清炖肉汤。

一个人只是游魂

One is a Wanderer

他走在第五大道上，人行道上半融的积雪和湿冷的空气令他有些疲惫。夜幕很快降下来，是属于二月星期天夜晚的黑暗，他心里因而泛起一股不明所以的烦乱。不过他不想回“家”，然后再出来。他在酒店住的房间令他觉得压抑，喘不过气来，衣橱搁板上胡乱堆着他污渍斑斑的衬衫，连着几个星期，甚至几个月以来，他都是随手往里一扔的；桌面、台面横七竖八地摊着他的文件；房间里随处扔着他的烟斗，他总逼着自己用烟斗，然而要不了多久，又总是放弃，最终重回香烟的怀抱。他拐到通往酒店的那条街，走得极慢，想要决定怎样打发这个夜晚。他有过太多的孤独夜晚。曾经他享受孤独，而现在，孤独太难熬了。他再也无法在夜晚阅读或写作。他烦躁地翻个几页书，又将其丢开；本打算写点东西，纸上却画满了螺旋线、圆圈、方块和没有五官的脸。

我就进去一下，他想，看看有没有我的信，看看有没有人给我打过电话。毕竟，他已经——让我们看看——已经快五个小时没有回酒店了，只是到处游荡。也许会有他的信呢。我就进去一下，他想，就看看，或许来一杯白兰地。我并不想又坐在酒店大堂里喝白兰地，我并不想那样。

然而，他没有理会酒店的旋转门。他从酒店门前走过，往百老汇而去。有一个男人向他讨钱。还有个衣衫寒酸的女人一边咕哝一边走过去，她有一张他所谓典型的“纽约嘴”，这张嘴冷酷且固执，压抑又爱发牢骚，透露着过往的艰辛与不满。他看向一家手杖和雨伞商店的橱窗，接着是一家便宜餐馆的橱窗，里头摆着假的派和蛋糕，一杯冷掉的咖啡，一碟假蔬菜。他走进百老汇挨挨挤挤、停停走走、缓慢流动的人群中。红灯亮了，一个红脸膛的大块头警察，拦下了几个要过马路的女孩，正拍着双手和她们说笑。一个单薄的男人，穿着单薄的外套，用那双狭长的眼睛淡漠地观察着他们。

四十五街和百老汇的十字路口有家杂货店，可以在卖书的柜台前站一站，暂时转移一下注意力。他看看摆着的书，有经典珍藏的平装版本，也有近期畅销的影剧版本。他拿了几本书，翻开，又放下，其实他什么也不想读。他走到饮料柜台前坐下，点了一杯热巧克力。热巧克力让他暖和了一点，他想，要不去派拉蒙看个电影，正在上映的是一部糅合了动作、枪战、飞机，还有玛娜·洛伊[1]的电影，总之不会让人觉得闷。他走到影院前，在那儿站了片刻，但是没有买票。毕竟，那天他已经看过一场电影了。他考虑去办公室看看。那里空无一人，会很安静，说不定他能完成几项工作，说不定可以回几封拖了好久没回的信。

这里太压抑，也太寂寞了。他将办公室好好审视了一番，然后坐在他的打字机前，把字母表从头到尾敲在纸上，接着他取出一根回形针，掰直，把打字机上的“e”和“o”清理干净，盖上打字机的罩子。他从来不记得晚上离开时要给打字机罩上罩子。我一向，实话实说，什么也记不得，他想。因为我一直努力不去记得，我一直努力不去记任何东西。不去记忆这件事毫无意义，而且是懦弱的表现。它也许会指引你去到任何

1　玛娜·洛伊（Myrna Loy，1905—1993），原名玛娜·威廉斯，生于蒙大拿州赫勒纳。著名演员，曾获影后的殊荣。

地方，不，它很可能会阻挡你，阻挡你去到任何地方。记忆是一切的缘起，总之，记忆带来太多太多东西了。如果你不允许自己记得任何事，那么你也什么都做不了。他开始用口哨吹某首歌的旋律，因为他发觉自己就要记起什么了，他知道那将会是什么，那是会令他的嘴巴泛起苦涩，眼角泛起酸楚的东西，是令人不安、支离破碎的旧句子、旧景象、旧时光，老房间里，熟悉的样子、熟悉的语调，熟悉的声音在哭泣。每个人哭泣的声音都不尽相同，全世界也找不出两个相同的哭泣声，就像足迹、指纹，还有朋友的面庞……

他吹的那首歌马上就要穿透他的潜意识。他从盖好的打字机前站起来，关掉灯，走出房间，走到电梯跟前，等待电梯的到来，同时他唱起了那首歌的最后一段。“铺好床，点亮灯，今晚晚些就回家，再见，黑鸟。[1]”他钻入湿蒙蒙的阴暗中，踏着雪泥，走回酒店，他在大堂找了张椅子坐下来，没有脱掉大衣。他并不想坐太久。

“晚上好，先生，”大堂负责接待的服务员说，“您还好吗？”

1 节选自爵士名曲《再见，黑鸟》。

“很好，多谢，”他说，“我很好。我要一杯白兰地，水请单放。”

他喝了几杯白兰地。走进大堂的人他一个都不认识。星期天的晚上，人们有太多地方可去。他进来的时候，并没有去前台后面查看他的信箱，看有没有他的信。这算是他的一个游戏，就当是吧。他向来要先喝一杯白兰地，再去看信箱里有没有信。他再喝一杯白兰地就要去看了。他又喝了一杯白兰地，真的去看了。“空的。”前台的工作人员说，他也看了看。

他回到刚才坐着的那张椅子上，想着给谁打个电话。他想到格雷森夫妇。他看到格雷森夫妇坐在他们的公寓里，依偎在一起，气氛很温馨，不是说他们此刻就是这样，但是某一年，在某个地方，他和丽迪娅一起看过。他们四人曾经共同度过一段愉快的假期。关于那个假期，他记得几人各有不同的态度、观点，记得丰富的光线、色彩。四个人，两对情侣的相处这里边是有学问的，像是如何彼此欣赏，愉快相处；如何共同度过美好的时光；如何变得更亲密，也更能理解彼此。一个人的人生是由两个人的、四个人的人生交织而成的。格雷森夫妇理解人生中这美妙的小小定数，两个人的、四个人的。两个人是为了陪伴，四个人是为了相聚，三个人有点拥挤。一个人只是游魂。

不，格雷森家不行。星期天晚上一定有人在那儿，某些情侣，某些两个人；某些他认识的人，某些他们俩都认识的旧相识。这就是人生的定数。一个人要设计自己的人生——不，两个人要设计他们的人生——要用到两个人的格式、四个人的格式、六个人的格式。婚姻不会令两个人变成一个，它令两个人还是两个。这样更甜蜜，也更简单。这一切，他想着，这些想法可能都太愚蠢也太多愁善感了，他叫了服务生过来。我一定要留意，千万别喝到醉醺醺的，不要看到点儿什么，也不管蠢不蠢，凄惨不凄惨，都觉得那预示着什么，还觉得神准，而且观点很新鲜，理论也有根有据。我一定要记得，会犯这种毛病都是因为敏感和无聊，因为工作不够多，以及白兰地喝了太多。这一点我一定要记牢。至于四个人可以开个派对，两个人是要建立一个家庭，这种事不如不要去记。

毕竟，一个人又如何呢，也有许多独自生活的人创造了许多伟大的事物。我们瞧瞧，独自生活的人究竟做了些什么？做爱先划掉，这没什么可说的，不过总还有许多其他了不起的事吧，例如，赚钱，还有白纸上留下黑色印记。“这一杯要双份白兰地。”他对服务生说。我们来瞧一瞧，我认识的人中有谁独自创造了什么，我听说过的人里有谁独自创造了什么？罗伯特·勃朗宁[1]？不，罗伯特·勃朗宁不行。怪了，他首先想到的竟然是罗伯特·勃朗宁。“假如你听过我弹奏的一支曲调，或隔着窗子望见过我的倩影，那么属于我们的这些将不会倏忽逝去，不像你与这世上旁的人一起时那样。”他曾把勃朗宁的这句诗写在送给丽迪娅的一本书里，或者是丽迪娅写给了他，又或者是他们写给了彼此。“那么属于我们的这些将不会倏忽逝去，不像你与这世上旁的人一起时那样。”也许他记得不完全准确，过去这么久，实在很难记得清了。不过不要紧。“那么属于我们的这些将不会倏忽逝去，不像你与这世上旁的人一起时那样。”真相是，一切都会逝去；属于两个人的，属于四个人的；所有愉快的时光，所有的态度、观点、光线和色彩，所有深刻过的亲昵与成长过的理解。

1　罗伯特·勃朗宁（Robert Browning，1812—1889），英国诗人、剧作家。

我觉得可以给布莱德利夫妇打个电话，他想到，从椅子里站了起来。还是不要，他对自己说，一动不动地站了一会儿，不要说你现在没醉，因为你现在就是醉了，就像今天早上起床时，你说你不会喝醉，还喝了橘子汁和咖啡，决心完成部分工作，完成一大堆的工作；就像你说你不会的，但是你明知道你就是会喝醉，好吗？你知道自己会的，好吗？

布莱德利那对夫妻，他绕着大堂兜起了圈子，特意绕开电话亭，他转开脸，看着报架上报纸的大字标题，他想着，布莱德利夫妻有点旁若无人，光顾着卿卿我我——光顾着卿卿我我而已，我可去他们的吧！他曾经读到的某个短篇故事是这样描述的：当你走进这样一栋房子，置身于这样一群人之间时，你会感到那种亲密感，甚至摸得着；你觉得整体氛围是温暖的、舒适的，就像徜徉在温暖的海水里，却又有一点点尴尬，没错，还会尴尬。置身这种温暖中，他就像披着湿毛毯般格格不入。我去了，他告诉自己，只会大煞风景。他们也清楚，老科克又来煞风景了。倒不是因为我不幸福——我并没有不幸福——而是因为他们太幸福了，去他们的。他们能不能搞搞清楚？他们为什么不去想想办法？他们有什么权利在我面前炫耀，这还有天理吗？……嘿，他对自己说，你喝得太醉了；你快要进入某种状态了，你快要进入玛丽安娜常说的那种状态了，某种会令人们对你退避三舍的状态……玛丽安娜，他想到。他坐回之前那张椅子里，又点了一杯白兰地，开始回想玛丽安娜。

她根本没见过我最初的样子，他想，她见过我后来落魄的样子。她甚至不知道我的人生从何开始。她只熟悉人生进入黑夜后的我。如果我可以成为她想要的那个人，好呀，那我也没问题，我会没问题的，我可以只做她想要我成为的那个人。就像从店里订一件新裙子，一件谁都没碰过的新裙子，一件除了你谁也不许穿的新裙子。我不会突然翻脸，无缘无故的。任何情况下，我都不会突然离开，无缘无故的。如果别人笑脸相迎，我就不会冲人乱发脾气，因为她所谓的“无缘无故”。我不会让人“受不了”，她的专用词“受不了”。一个女里女气的词，女气得好比一只猫。好吧，她又对了。我的确让人受不了。“乔治，”他对服务员说，“我让人受不了，你知道吗？”“不，先生，我不这么认为，先生，”服务生说，“我并不觉得你让人受不了，科克先生。”“嗯，你不懂，乔治，”他说，“我生性就让人受不了。我天性如此。说来话长了。”“好的，先生。”服务生说。

我给莫顿夫妇打电话吧，他想。他们家也会有那种两个人、四个人做客，但他们不是那么幸福，没那么让人受不了。莫顿夫妇还可以。对了，莫顿两口子跟他说过，只要你和玛丽安娜别再争再吵，别再没完没了地分析自己，别再没完没了地分析每件事，你们会很好的。你们结了婚，闭上嘴，就会好了，只要你们闭上嘴，去结婚。会好的，真的，相信我，会好的。所有问题都会迎刃而解。只要你们闭嘴，去结婚，只要你们结婚，然后闭上嘴。这是尽人皆知的道理。不夸张地说，这是世上最容易做到的事……呃，也许是吧，如果你只有二十五岁的话，如果你只有二十五岁，而不是四十，那就是世上最容易做到的事。

“乔治，”服务生走过来为他续杯时，他说，“十一月我就要满四十一岁了。”“那也不算老啊，先生，而且现在离那会儿还远着呢。”乔治说。“不，不远了，”他说，“眨眼就要到了。然后是四十二、四十三……五十，而我却还在妄想——你知道我在妄想什么吗，乔治？我想变得幸福。”“我们都想过得幸福，先生，”乔治说，“我希望看到你幸福，先生。”“噢，你会的，”

他说，“你会的，乔治。幸福有一个简单的秘诀：闭嘴，然后结婚。然而你瞧，乔治，我凡事都爱分析，记性还特别好。我以前荒废掉了大把的时光。一个人集齐了这几样，就会坐在某个大堂里，变得又老又蠢。”“我很抱歉，先生。”乔治说。

“我还要再喝一杯，乔治。”他追着服务生的背影喊道。

他又喝了一杯。他抬头看了看大堂的时钟，刚九点半。他上楼回到自己的房间，觉得有点儿困了，他没有关顶灯，就在床上躺下来。醒来时，他腕表上显示的时间是十二点半。他爬起来，洗了把脸，刷了个牙，换上一件干净的衬衫，也换了件外套，又回到楼下的大堂里，至于桌面、台面上横七竖八的各式文件，他连看都没看一眼。他来到餐厅，喝了点汤，吃了一块羊排，又喝了一杯牛奶。这里的人他一个也不认识。他渐渐觉得，需要见一下认识的人，不管是谁。他结了账，走出去，上了一辆出租车，给了司机一个五十三街的地址。

迪克与乔这家店里有几位他的旧相识。有迪克和乔，两位——或者，不如说一位，他总把他们当成一个人；他从来分不清他们谁是谁。有比尔·瓦登和玛丽·威尔斯。比尔·瓦登和玛丽·威尔斯有点醉了，还有点放得太开。他其实跟他们不太熟，不过一块儿坐一会儿也还可以吧……

他离开时已经三点多了，他上了一辆出租车。“今晚过得怎么样，科克先生？”名叫威利的司机问。“我今晚过得挺好，威利。”他说。“还想去什么别的地方吗？”威利问。“今晚不了，威利，”他说，“我要回家。”“不错，”威利说，“这就对了，科克先生。你这样做就对了。那些地方都还可以——你懂我的意思吧——拿来消磨个时间，和朋友喝个几杯是挺不赖的，但是说心里话，哪里都不如家好。就拿我来讲吧，我开了十年的出租车，大部分时间是在这附近转悠——为什么呢？因为这些地方我都混熟了，你懂吧，科克先生？我说去就去了，可能你也一样，科克先生——也许在迪克与乔酒馆或托尼酒吧或随便哪个我想去的酒馆喝上一杯——哎哟，我还和你一块儿喝过几杯呢，科克先生——是圣诞夜吧，你还记得吗？但是我的家在布鲁克林，那儿有我的妻子和两个孩子。天啊，我跟你说吧，家才是全世界最好的地方，你懂我的意思吗？”

“你说得对，威利，”他说，“你说得一点儿都没错，真的。”

“有眼光，我的确说得一点儿没错，”威利说，“男人要是想喝两杯，或者和朋友好好聚聚，这些地方都挺不赖，我觉得完全没问题——”

“和朋友聚聚我也完全没问题。”他对威利说。

“但是玩够了，男人就想回家。对不对，科克先生？”

“你说得一点儿不错，威利，”他说，“男人总是想回家的。”

“好了，到了，科克先生。你到家了。”

他从车里出来，给了司机一美金，告诉他不用找了，然后走进酒店的大堂。值夜班的工作人员把钥匙给他，他的两根手指又伸进信箱里搅了搅。“什么都没有。”夜班职员说。

他回到房间后，在床上躺了一会儿，抽了一支烟。睡意袭了上来。他起来，脱掉衣服，整个人昏昏沉沉，又迷迷糊糊，感觉心满意足。他开始唱歌，声音不大，要不711房间的客人会抱怨的。711房间住了一个头发花白的老头儿，一个人住着……爱瞎分析……记性又好……

“铺好床，点亮灯，今晚晚些我就回家……”

床塌的那一夜

The Night the Bed Fell

说起年轻时在俄亥俄州哥伦布市度过的那段时光，我想最难忘的应该是我爸床塌，他被压在床下的那一夜。其实这个故事写出来会失色许多。只要不是像我那几位朋友说的那样，已经听过五六遍了，听着比读着肯定有意思。因为讲故事的时候，可以适时地搬动家具，摇晃房门，学狗叫，把故事说得绘声绘色，令这个看似不可思议的故事显得真实可信。虽然，这本来就是真的。

故事发生的那一夜，我爸决定去阁楼上睡，方便他想点儿事。但我妈强烈反对，她说，那张老旧的木头床不安全，它已经快散架了。如果床塌了，沉重的床头板会砸在我爸头上，令他一命呜呼。可是没用，他根本不听劝，十点一刻，他关上去阁楼的门，走上狭窄的转角楼梯。稍后，我们就听到他爬上床时吱吱嘎嘎的声音，大家心头都泛起些许不祥的预感。祖父来我家住时，通常就睡在阁楼，但他好几天前就不知哪儿去了。这种情况下，他通常会离开个六到八天，回来时往往骂骂咧咧的，一肚皮气加一肚皮闲话，说联邦军管事儿的都是一群蠢蛋，波托马克军团[1]连小提琴手的娘儿们都打不过。

那段时间，我们家刚好有位亲戚过来拜访，是我的一位叫布里格斯·比奥的堂兄，他这人特别爱杞人忧天，他认为睡着后有可能会停止呼吸。他觉得，要是夜里不能每小时醒来一次，就会窒息而亡。他习惯每天晚上上好几次闹钟，隔一会儿一个，直到早晨起床，我好一番劝他才肯作罢。他和我睡同一间卧室，我跟他说，我睡眠很浅，跟我睡同一个房间的人要是呼吸停了，我肯定会立即醒过来。头一天晚上，他试了试我——我早就料到了——他听到我呼吸变得均匀，觉得我肯定睡着了，便屏住呼吸。然而，我根本没睡着，而且叫了他。这样一来，他似乎就没那么害怕了，但保险起见，他还是在床头的小桌子上放了一杯樟脑酊。万一他快要死了，我又没叫醒他，他说，樟脑味

1 波托马克军团是美国南北战争的东部战区中联邦军的主要军团。

就相当于一剂强力醒脑药，他闻到就会醒了。布里格斯家族爱胡思乱想的远不止他一个人。老阿姨梅丽萨·比奥，她能像男人那样，含住两根手指吹口哨。她出生在南大街，又在南大街结了婚，所以悬在她头顶的阴影是，她肯定也会死在南大街上。还有萨拉·肖夫阿姨，她从来没有无牵无挂上床睡觉的时候，她每天晚上都在担心盗匪会摸进她家里，用管子从门缝底下把氯仿吹进她的卧室。她决定不如破财免灾，比起损失全部财产，她更怕中了迷药——她每天都把钱、银器，以及其他值钱的东西整整齐齐地堆在卧室门外，还在上面放一张字条："我的全部财产。拜托不要使用氯仿，这些请自便，我只有这么多了。"格蕾西·肖夫阿姨同样罹患了盗匪恐惧症，但她的风格可硬派多了。她坚信，四十年来，她家每天晚上都有盗匪光顾。但是她家又什么东西都不见少，她觉得虽然如此吧，也不能证明她的观点是错的。她一向宣称，多亏她从楼上往门厅里扔鞋，他们才什么都没顾得上拿，就被吓跑了。睡前，她会把她家里所有的鞋都堆在一伸手就够得着的地方。关灯才五分钟，她就从床上坐起来，说："你听！"早在1903年，她的丈夫就懂得了对这一切置若罔闻，不管他是真的睡得很沉，还是装作睡得很沉。

反正，不管她拖也好，推也好，他就是不理，这样过一会儿，她只得自己起来，踮着脚走到门口，悄悄开一条门缝，把鞋往楼下扔，一只扔到门厅的这头儿，一只扔到门厅的那头儿。有时候，她一晚上能把所有鞋都扔光，有的时候，一晚上只扔个几双。

我还是别扯那么远了，就说我爸的床塌了把他压在底下的那天晚上吧，发生的那些事真是件件都值得大书特书。午夜之前，我们所有人都上床了。要理解接下来发生的事，要紧的是得先说一下房间的布局，以及每个房间里都睡了谁。楼上的正房（位于父亲住的阁楼的正下方）住着我妈和我弟弟赫尔曼，他有时睡着了还会唱歌，通常唱的是《进军佐治亚》或《信徒精兵歌》。我和布里格斯住在他们隔壁。我的哥哥罗伊隔着走廊住在我们正对面。我们的牛头獒雷克斯睡在走廊里。

我睡的是一张行军床，中间部分是平的，两侧通常垂下来，就像双页折叠桌那样，但要想够宽，能睡得舒服，就得把两侧都支起来。但床整个支起来后，滚得太靠边就会有点儿危险，因为可能会咣的一声巨响，床翻了，人完全被压在了床底下。事实上，大约凌晨两点，事情就原模原样地发生了。（是我妈稍后回忆事情的经过时，先用了这样的说法："床塌了，砸到你爸

有时候，她一晚上能把所有鞋都扔光

身上的那一夜。”）

我是个睡得沉的人，往往也不容易醒（我对布里格斯说谎了），铁架行军床翻倒后，我摔到了地上，还被压在了床底下，但最开始我其实根本毫无所觉。我还裹在暖暖的被窝里，也没摔疼，翻倒的床反倒像个帐篷似的罩住我，所以我没有完全醒过来，只是迷迷糊糊觉得哪儿有点儿不对劲儿，就又睡着了。然而，我妈被这边的大动静吵醒了，并且立即得出结论，她最担心的事果然发生了：楼上的大木床塌了，砸到了我爸身上。她尖叫道：“快去救你们可怜的爸爸！”多半是这一嗓子，而不是我的行军床翻倒的声音叫醒了和她同一房间的赫尔曼。他以为妈妈无缘无故就歇斯底里了。“你还好吧，妈妈！”他提高嗓门儿，想让她镇静下来。有十秒钟，他们就这样你一嗓子我一嗓子地对着喊“快去救你们可怜的爸爸！”以及“你还好吧！”，于是布里格斯醒了。到了这会儿，我好像有点儿知道他们俩是怎么回事了，但是还没发现自己正躺在床底下，而不是床上面。布里格斯在这么又惊又惧的大声对喊中醒过来，匆忙得出结论，即他快要憋死了，我们所有人都在竭尽全力“把他救回来”。他低声呻吟着，抓过床头桌上放着的那杯樟脑酊，没有去闻，而是兜头倒了下来。满屋子都是浓浓的樟脑味。“噗咳，啊噗咳。”布里格斯像个溺水的人，呛得直咳嗽，借助洪水般的辛辣药剂，他险些就成功地掐断了自己的呼吸。他跳下床，朝敞开的窗子摸索着走过去，结果摸到的那扇却刚好关着。他徒手打破玻璃，我听到玻璃破裂，叮叮当当地落到楼下小巷的声音。我想起床了，离奇的是，到了这个节骨眼儿，我才愕然发觉，我压在床下面！蒙眬的睡意中，轮到我开始怀疑，这整场骚乱以这种狂乱无助却竭尽全力的形式呈现，其意义在于将我从这绝对是闻所未闻的危险中拯救出来。“让我出去！”我大声哭叫，“让我出去！”我想我当时仿佛是发噩梦了，深信自己被埋在了矿井底下。“嘎啊。”布里格斯倒吸一口气，还在他的樟脑酹里挣扎。

与此同时，我妈还在大喊，赫尔曼也不落人后，跟着她一块儿喊，她千方百计想打开阁楼的门，好上楼去，把我爸的遗体从散了架的床底下弄出来。然而门卡住了，怎么拉也拉不开。她疯了一样地又拉又拽，只是徒然令门砰砰作响，场面更加混乱而已。罗伊和狗也起来了，人在大吼发问，狗在汪汪叫。

我爸离得最远，也睡得最沉，要不是阁楼门砰砰作响，他还不会醒呢。他认定是房子失火了。“来啦，来啦！”他哀哀的

他得出结论，即他快要憋死了

喊声里带着睡意，有点儿迟钝——他花了好几分钟才彻底醒过来。我妈坚信他依然被压在床底下，她在他那声“来啦！”里听出满满的不舍，像是即将去见造物主的人临终的遗言。“他快死了！”她发出一声哀鸣。

“我很好！”布里格斯高喊着向她保证，“我很好！”他仍然以为是他差点儿死了才让我妈这么担心。我终于摸到卧室的电灯开关，打开门，和布里格斯一块儿跑到阁楼门前，和其他人聚在一起。我家的狗一向就不喜欢布里格斯，这时一下扑向布里格斯——反正不管究竟怎么回事，他就是认定了布里格斯是罪魁祸首——罗伊只得和雷克斯来了场较量，并最终制服了他。我们听到楼上我爸爬下床的声音。罗伊猛地一用力，阁楼的门开了，只见我爸从楼上走下来，睡眼惺忪，没什么好气，不过总算平平安安。我妈看到他，哭了起来。雷克斯则开始哀号。“看在上天的分儿上，这究竟是怎么回事？”我爸问。

我们七拼八凑，终于像拼巨型拼图一般，把整件事拼到了一起。除了我爸因为光着脚来回跑得了感冒，没有造成任何不良后果。“我很高兴，”我妈说——她总是能看到事物光明的一面，“你们祖父当时不在。”

罗伊不得不与雷克斯较量一番

好咬人的狗

The Dog That Bit People

或许人这一辈子都不该像我那样养那么多狗，不过他们带给我的快乐远比麻烦多，只有一个例外，这条万能㹴的名字叫玛格斯。他给我找的麻烦比其余五十多条狗全加起来还多。不过最让我脸发烧的还是那条叫珍妮的苏格兰小猎犬。当时她刚刚在纽约某公寓四楼我房间的衣橱里产下六只幼崽，就非要出去遛遛，谁承想，走到十一街和第五大道的路口附近，她竟然又产下了一只幼崽。再有就是一条拿过奖的法国贵宾犬，那是一条黑色的巨型贵宾犬，不是你们常见的那种乖乖的白色小毛球。带她去参加格林威治狗展那次，由于我们开了双座车，就让她坐了车尾露天的折叠座，结果她晕车了。我给她在脖子上围了个红色的橡胶围嘴，车开到布朗克斯区时又赶上暴风雨，我只得出来替她撑伞，那把小绿伞与其说是雨伞，还不如说是女士用的小洋伞。大雨瓢泼，司机招呼也不打就把车开进一家大型修车厂，里面满是修车工。事情发生得太突然，我没来得及想到要把伞放下，谁知一失足竟成千古恨。我这辈子都不会忘记，那位上来招呼我们的硬汉修车师傅，看到我和贵宾犬时，那一脸怀疑与憎恶交织的表情。所有的修车工，以及心思褊狭的人，无不憎恶这些毛剪得怪模怪样的贵宾犬，尤其看不惯狗屁股上的那团绒球，然而要想拿奖，又非剪成这样不可。

不过我早已说过，这条万能㹴才是我所有的狗中最要命的魔星。深究起来，他其实不算是我的狗。一年夏天，我度假回来，发现我出门这段时间，哥哥罗伊买了一条狗，一条性情暴躁，还很结实的大狗，而且从他一贯的表现来看，他从没把我当一家人。作为家庭成员其实多少还是有点好处的，挨他咬的次数通常来讲比外人少一些。不过这么多年，全家上下算起来，也只有我妈没挨过他咬，他也不是从来都不想咬她，只是出嘴的那一次恰好没咬到。有那么一个月，我家突然老鼠成灾，而玛格斯却听凭它们横行。谁家的老鼠也没我家老鼠当时那么嚣张。它们恐怕把自己当成了家里的宠物，甚至称得上训练有素。老鼠们很懂得如何与人和睦相处，一天晚上，妈妈请弗里拉里拉俱乐部的朋友来吃晚餐，她和爸爸二十年前就是这个俱乐部的会员了，她预先准备了好多小碟子，盛好食物，放到食品储藏室的地板上，希望老鼠饱了口福，就不会跑到餐厅捣乱了。她也不让玛格斯进餐厅，而是让他和老鼠一起待在了储藏室。他趴在地板上，自言自语地低声吼叫，他并不是为了吓唬老鼠，而是想把隔壁的所有人都咬一口又咬不到才这么气不过。妈妈中途偷偷溜出来，想看看储藏室里的情况如何，结果完全太平无事。老鼠都跑到她跟前了，玛格斯还事不关己地趴着，妈妈气坏了，于是拍了他一巴掌，结果玛格斯立即扑上来咬她，不过没咬到。他马上就后悔了，妈妈这样说。每次他咬了人，她都说，他知道自己错了，我们却不明白她是从哪儿看出来的，他可一点儿没有知错的样子。

以往每年圣诞节，妈妈都会给挨了万能㹴咬的人送上一盒糖果。到了后来，送糖果的名单上的名字已经长达四十个，甚至还不止。大家都不理解，我们怎么不把这条狗送走。就连我也不太想得通，反正，他一直跟着我们就是了。我怀疑有人给玛格斯下过毒，有一两次他表现出了中毒的症状。还有一次老莫伯利少校用他的配枪朝玛格斯开过一枪，就在东大街的塞内卡酒店附近。然而玛格斯还是活到了将近十一岁，就连他快要跑不动的时候，他还咬了一位上门来跟我爸爸谈公事的国会议员。我妈妈一向不喜欢这位国会议员——她说他的星盘显示这个人不值得信任，他的命主星为土星，月亮落在处女座——不过那年圣诞节，她还是送了他一盒糖果。他却立即退了回来，可能他觉得这是一盒恶作剧糖果吧。尽管玛格斯这一口害爸爸丢掉了一条重要的人脉，但妈妈这样说服自己，焉知非福呢。“我可不想跟这种人有什么深交，”妈妈说，“还是玛格斯，一眼就看透他了。”

从前我们为了讨玛格斯的欢心，轮流喂他，只是全都白费力气。就算吃饱了，他也没什么好脸色。谁也不知道他究竟有什么毛病，不管问题的症结在哪儿，他反正就是要发脾气，早晨尤其不好惹。罗伊早晨通常心情也不太好，特别是早饭前，有一天早上，他下楼来，发现玛格斯一个不开心就把晨报嚼烂了，他先是抓起一只西柚砸到玛格斯脸上，接着玛格斯立即跳上餐桌，桌上一下子杯盘狼藉，咖啡也溅出来了。玛格斯的第一下跳过了头，所以他扑到了餐桌对面嵌在燃气壁炉上的黄铜火网上，但他立即稳住了，最终还是他技高一筹，成功在罗伊腿上狠狠咬了一口。然后，这件事对他而言就到此为止了，他咬人，一次向来只咬一口。妈妈时常提出这点来为他辩护，她说，虽然他是个暴脾气，但从不记仇。她总是护着他。我觉得她那么喜欢他，就是因为他不是个“乖乖牌”。“他不太强壮”，她总是心疼地说，这话说得不对——他确实不乖，但强壮得可怕。

有一次，我母亲去奇滕登酒店拜访一位精神治疗师，这位女士来哥伦布市，是为了就“和谐共鸣”这一主题开个讲座。我妈想知道有什么方法能让狗感应到和谐的共鸣。“他是一条深色的万能㹴。”我妈向她介绍。那位女士说，她从来没治疗过犬类，但她建议我妈不妨一直在心里默念，他不咬人，也不爱咬人。第二天一大早我妈就开始在心里默念了，与此同时玛格斯咬了送冰的人，但她把错全怪到送冰人头上。“要不是你总想着他会咬你，他才不会咬你呢。”妈妈对他说。他离开时，重重落在地板上的每一步，倒是都引起一阵强烈的耳鸣。

一天早上，玛格斯轻轻咬了我一口，大概就是顺嘴来一下，我弯腰抓住他短短粗粗的尾巴，一把拎起来。我也不知怎么会做出这种瞻前不顾后的事情来，我上次见到我妈，也就是大概六个月前，她还在说不知我当时中了什么邪。我也不知道，只

谁也不知道，他究竟有什么毛病

知道当时非常生气。因为被我抓住尾巴拎在半空，所以他咬不到我，他不停吠叫，连扭带蹬拼命挣扎，我知道自己坚持不了多久了。我把他拎到厨房，远远甩到地上，才关上门，就听他撞到了门板上。可惜我忘了厨房后门有楼梯。玛格斯从后楼梯爬上去，然后冲下正楼梯，把我堵在了客厅里。尽管我及时爬上了壁炉台，但壁炉台哗啦一声被我压垮了，大理石的大座钟、几只花瓶，还有我本人都重重摔到了地上。玛格斯被这番动静吓得够呛，我爬起来时，他已经不见了。哪儿都找不到他，吹口哨不行，喊也没用，直到当天晚餐后，戴特韦勒老太太来我家做客才有了进展。玛格斯以前咬过她的腿一次，要不是我们跟她保证玛格斯跑没影儿了，她本来是不肯进客厅的。然而她刚坐好，就听到一阵狗的低狺，还有爪子挠地的声音，玛格斯冲出来，又咬了她。原来他一直不声不响地藏在了一张两用沙发底下。妈妈查看了一下戴特韦勒太太的伤势，给她涂了点儿山金车酊，然后告诉她，只是有点儿青。“他就是撞了你一下。”她说。不过戴特韦勒太太离开我家时的心情可以说是坏透了。

有很多人去警察局举报我们家这条万能㹴，不过我父亲当时是市政府某办公室的主管，跟警局的关系不错。即使如此，警局还是为此出过两次警——一是玛格斯咬了鲁弗斯·斯特蒂文特太太那次，再就是咬了副州长马洛伊那次——但是我妈对他们说，他们挨咬错不在玛格斯，而在他们自己。“一见他冲过来，他们就尖叫，”她解释道，“那样会刺激到他。”警察建议不如把玛格斯拴起来，但是妈妈说，拴狗绳对他而言是种羞辱，真的拴起来，他肯定会绝食的。

说到玛格斯吃饭，那可是一道奇观。因为只要朝地上一伸手他就要咬人，所以我们通常把他的食盆放在一张旧餐桌上，并在桌边放了张长椅。玛格斯就站在椅子上吃饭。我记得我妈有位叔公叫霍雷肖，总吹嘘他是第三个冲上米申纳里岭的人[1]，当他发现我们让玛格斯上桌吃饭，居然因为我们不敢把他的食盆放在地板上时，他简直大为光火。他说这世上让他怕的狗还没出生呢，还让我们把狗盆交给他，他敢放地上。罗伊说，要是战前霍雷肖叔公就有机会训练玛格斯在地上吃饭，那他绝对

1 米申纳里岭之战，美国内战期间，查塔努加战役的第三次军事行动。查塔努加战役清除了田纳西州的南军，使联邦军很快打开了通往佐治亚州的道路。

有很多人去警察局举报我们家这条万能狴

能成为冲上米申纳里岭的第一人。霍雷肖叔公气急败坏。“把他带进来！马上把他带进来！”他嚷嚷道，“我来喂这个——让他在地上吃！”罗伊倒是很想让叔公露一手，但父亲不听他的。他说他已经喂过玛格斯了。“我再喂一次！”霍雷肖叔公大吵大闹，我们花了好一番工夫才劝他平静下来。

在他生命的最后一年，玛格斯基本一直待在外面。不知为什么，他不太喜欢待在家里——也许这里留给他太多不愉快的记忆。总之很难把他弄进来，于是收垃圾的人、送冰的人，还有洗衣工都不肯靠近我们家。我们不得不亲手把垃圾拖到街角，把脏衣服抱出去，再把干净的衣服抱回来，在离家一个街区外的地方和送冰的人碰头。这样持续了一段时间，我们突然想到一个绝妙的主意，可以把玛格斯弄进屋里关起来，好让抄煤气表之类的事情能顺利进行。这世上玛格斯只有一怕，就是雷雨天。电闪雷鸣能吓得他魂不附体（我觉得壁炉台垮掉那天，他其实以为是暴风雨来了）。他会冲进屋里，藏到床底下，或躲进衣橱里。于是我们做了个打雷机，找一片长长窄窄的铁皮，在铁皮一端加上木制手柄就成了。只要想让玛格斯进屋，妈妈就用力抖这块铁皮。模仿出来的雷声可谓绝了。不过我

——

玛格斯吃饭可说是一道奇观

估计这恐怕是家务史上最令人摸不着头脑的发明。我妈可真不容易。

玛格斯最后的那几个月，开始“看到某些东西”。他颤颤巍巍地站起来，低狺着，迈着僵硬的腿，对着一片虚无张牙舞爪。有时那个“东西”就在来客的左边或右边一点。有一次，富勒刷的推销员差点被吓疯了。玛格斯飘飘忽忽地走进屋里，就像哈姆雷特跟在他父亲的鬼魂后面。他那双眼睛盯住富勒刷推销员左边的一个点，慢慢靠近，开始这个男人还撑得住，到玛格斯离他只有三步远时，他刹那间毛骨悚然。他惨叫出声。玛格斯摇摇晃晃地从他身边经过，自言自语般呼噜着踱到走廊上，而那个富勒刷推销员还在惨叫。我看我妈非得泼他一锅凉水，才能让他闭嘴。我们几个男孩小时候，她就是用这招制止我们打架的。

一天夜里，玛格斯走了，走得非常突然。妈妈想把他葬在我家的空地，坟前还要竖一块大理石墓碑，刻上“让一群天使的歌声来伴你入眠”[1]之类的，不过我们告诉她这样做是违法的，

1　出自《哈姆雷特》第五幕第二场。

她只得作罢。最终，我们把他葬在一条人迹罕至的小路旁，立了一块光滑的木板权作墓碑。我用不褪色的铅笔在板子上写下了一句拉丁文“内有恶犬”。母亲对这句古老的拉丁文墓志铭相当满意，认为它简洁、古典，尽显庄严。

那个恨穆博姆的男人

The Man Who Hated Moonbaum

穿过高高的铁栅门之后，他们走了快要有四分之一英里了吧，反正塔尔曼[1]感觉上是这样。夜色漆黑，空气里带着一丝丝甜味，叶片不时拂过他的额头和脸颊。走在前头的，是个敦敦实实的矮个儿男人，他已经有好一会儿没说话了，不过他呼吸的声音依然传到塔尔曼的耳朵里。他们又继续走了有一分钟。“咱们到哪儿了？”塔尔曼终于还是开口问道。“别问我问题！”那个男人厉声喝道，“谁也不准问我问题！你学着点儿。”学个屁，塔尔曼心想，他拨开浓浓的夜色，还有泛着香气、不知名的树叶；学个屁呀学，乖乖；从今往后你怕是再也见不到我喽。一想到还有不到二十四小时就要离开好莱坞了，他心中便油然

1 Tallman 音译塔尔曼，即高个儿男人。

升起一股熨帖的感觉。

脚下的路面变得平整起来，他们踩到的不再是草窠子和碎石子，而像是地砖或石板路。矮个子走得更慢了，塔尔曼险些撞上他。“咱们就不能点个灯吗？”塔尔曼说。“你又开始了是吧！”他的这位向导大声呵斥道，“可别逼我嚷嚷起来！你想要我怎么样？”“我根本没想要你怎么样。”塔尔曼说，“我只想知道我们这是要去哪儿。”

对方忽然停下脚步，好像在四处摸索着什么。“首先，服装就不对。”他说，“接着又搞来了红火大理石——苏格兰出现了巴西产的红火大理石，居然三百年前就出现了红火大理石！真不知道我怎么还没发疯！”塔尔曼只能模模糊糊看出他的身影，比比画画的，黑黢黢的一团。“你表现还挺得体的。”塔尔曼说。我不好好在布朗·德贝[1]喝酒，干吗要跟这个家伙走？塔尔曼痛切自省。他说要带我去他家，我怎么就跟他走了——话说回来，他真的有个家吗？他究竟以为自己是谁？

塔尔曼看看腕表，表盘在无尽的黑暗中发出幽暗的光。他

---

1 是一家位于洛杉矶的餐馆，因形似男士的圆顶窄边礼帽，即德比帽而得名，已成为好莱坞黄金时代的标志性符号。

喝得有点儿多了，但还看得懂现在是凌晨三点半。“根本没想要我怎么样，听听他说的话！”矮个子尖声尖气地说，“不是他的错！从来不是任何人的错！他们给我弄了一万来美金的19世纪末才发明的萨姆·布朗恩式武装带，要给苏格兰高地人扎上，居然还说谁都没做错！”酒劲儿上来了，塔尔曼觉得头有点儿疼。“我想要盏灯！”他说，“我想来杯酒！我想知道我到底在哪儿！”“就是这样！说出来！”对方说，“想什么就直接说出来！我就喜欢那种明白自己处在什么位置的人。我们能合得来。”“来击个掌吧！”塔尔曼说，“摄影机！灯光！一切都已就绪！快把你之前说的那瓶百年白兰地请出来吧。”

玫瑰色的溶溶光晕应声流泻下来，那个小个子男人在黑暗中摸到了电灯的开关，真不知他是怎么做到的。天晓得那个开关藏在了哪里，塔尔曼心想，说不定是在树上呢。他们正身处一座庭院之中，脚下巨大的石板严丝合缝地镶嵌成完美的纹样。灯光令这栋黑黢黢的石造建筑露出了真容，它看上去和克利翁酒店朝向协和广场的那一面非常像。[1]“来吧，大家都来！”小个子男人说。塔尔曼回头看了一眼，心里有几分忐忑，他原以为会看到夜色中矗立着一群苏格兰高地人的身形，然而除了某些奇形怪状的植物及树木的影子将他们包围外，院子里别无他物。小个子男人用一把硬币大小的钥匙打开一扇十五英尺高、六英寸厚的木门。大理石阶梯如同尼亚加拉大瀑布坠入大峡谷般伸向客厅。台阶上，两人的脚步声尖锐且清晰，但遇到客厅那张又厚又软的宽大地毯后便陷入了沉寂。天花板高高悬在头顶。深色的木制圆形浮雕、锃亮的盾牌、雪亮的各式武器均引人注目。其中一面墙上悬挂着一幅四十英尺高的挂毯，从天花板直垂下来，下缘离地面不过几英尺。塔尔曼还在观察那幅挂毯，就被同伴抓住了胳膊。“第二朵玫瑰！”他说，“从右边数来的第二朵玫瑰！”塔尔曼抽出手来。“咱们俩里边总得有一个人是清醒的，乖乖，”他说，“那瓶白兰地呢？”“不要打断我！”主

1　协和广场位于香榭丽舍大道中段、塞纳河北岸，是法国最负盛名的广场。克利翁酒店为巴黎人心目中最“巴黎”最古老最具历史文化底蕴的豪华酒店。二者均为路易十五宫廷的皇家建筑师雅克·昂日·卡布里耶设计建造。

人家喝道，“无名小卒对大人物呢喃——我也不必讳言了，这是世界上最伟大的爱情故事——故事里要有国王的妻子——骑士们手持长矛骑着骏马东奔西走——那人用曲曲拐拐的小树枝给她拼成了一封情书：‘我爱你。’——顺着溪流漂过她的窗前——然后她被关了起来——这是电影史上最令人痛心疾首的一幕。我说到哪儿了？噢——‘从右边数来的第二朵玫瑰。’她说。这是何道理呢？因为她看到花颤抖了一下，她瞧见花动了。大人物朝她弯下腰，或许在亲吻她。他一个大转身，朝玫瑰射出一箭——从右边数来的第二朵，高高挂在墙上——重有一千一百磅的挂毯整幅掉了下来，那个细作滚倒在地，他被一箭射穿了心脏。他原本是大人物派去监视那对情人的。”小个子男人踩着厚实的地毯，走来走去。塔尔曼就着尚未熄灭的烟屁股续上一支烟，然后在一张超大的椅子里坐下来。主人家走到这张椅子跟前停住脚步，朝坐在上面的他摇了摇手指。

“听着，”小个子男人说，“我不知道你是谁，却要告诉你这件事。我可能会毁在你手里，不过我还是要告诉你。我把穆博姆请过来了——千真万确的是我把穆博姆请到这儿了——你尽管去问曼尼或索尔——我这里有世上最好的弓，专等那个大人物来射那支箭，他叫什么来着——”

“特利斯坦[1]。”塔尔曼说。“不要提醒我！”小个子男人大吼一声，“等特利斯坦去射箭。后来又发生了什么事呢？难道我会知道他的箭是射熊才用的箭吗？难道我会知道他的箭没箭头吗？要是我早知道，要米特尼克又有什么用呢？穆博姆就坐在那儿——挂毯掉下来，那个男人暴露了，他被一箭穿心——只不过箭其实插在他的肚子上。接着发生了什么事呢？接着穆博姆大笑起来！这让穆博姆哈哈大笑！电影史上举世无双的爱情故事，穆博姆看了却哈哈大笑！”小个子男人快步走到一个高大的柜子跟前，打开门，取出一支雪茄，叼在嘴里，又开始继续踱步。“你喜欢这个故事吗？”他高声问。“是爱。”塔尔曼说，“这故事从头到尾我都爱，一直都爱。”

小个子男人高举双手。“他爱它！他才听了一幕——或两幕戏，结果这个故事从头到尾他都爱！就连穆博姆都不知道后

---

1 特利斯坦是亚瑟王的圆桌骑士之一。他奉命去为舅舅康沃尔国王马克向金发伊索尔德求婚，却与她相爱。被国王马克发现后，他逃到布列塔尼，后与玉手伊索尔德成婚，却因妻子的嫉妒身亡。最终，金发伊索尔德为他殉情。

续会如何，结果这个故事从头到尾你都爱！”小个子男人又来到塔尔曼的椅子跟前，拿雪茄指着他摇一摇。“这故事都传开了，”塔尔曼说，“泄密总是难免的。说不定是你喝了酒没管住嘴巴。话说，那瓶白兰地呢？”挂毯旁边，有一条铃绳顺着墙面垂下来，小个子男人走过去，握住铃绳。“穆博姆笑得快断气了。”他说，“穆博姆笑得仿佛刚看到了卓别林。”他放开铃绳。“希望你是真的有瓶百年陈酿的白兰地。”塔尔曼说。“别跟我说你的那些希望！”小个子男人咆哮道，“要一直专心听什么是我希望的！”他野蛮地拉了下铃绳。“总算要办正事了。”塔尔曼说。小个子男人这才第一次溜达开，捡了张椅子坐下来，嚼着他那支没点燃的雪茄。“你知道穆博姆想给她取个什么名字吗？”他半垂着眼睫问。“我来猜猜看，”塔尔曼说，“伊索尔德。”“俗不可耐！”主人家喊道，“老调重弹！伊索尔德！老天爷啊，老兄，你怎么能给一个女人取名叫作伊索尔德呢！我要她叫个什么名字好呢？”“你可难住我了。”塔尔曼说。“我要叫她拂晓。”小个子男人说着从椅子里站起来，“这名字很短，是不是？很甜，是不是？你感受得到，是不是？”“说到那瓶白兰地，”塔尔曼说，“你拉了铃，铃那头儿的人怎么还没来？”“铃那头儿谁都没有，”小个子男人说道，“根本就没有铃，那根绳就是件摆设，根本就拉不响任何铃。我用它来提醒自己不要忘记，那个被穆博姆摧毁的创意。你听听看：这个人住在路易斯安那的豪宅——有七个女儿——南方陆军老上校是他的随从——找莱昂纳尔·巴里摩尔[1]来演——我们搭了个一眼看去价值百万美金的内景——巴里摩尔穿过房间，拉了拉铃绳。你猜发生了什么事？”“什么都没发生。”塔尔曼说。“你是傻吗？！”小个子男人嚷嚷道，“墙塌了一块儿！有只乌鸦飞了出去——还有一头山羊，大概是山羊吧，走了进来——那地方根本就是荒郊野外，明白吗？房间的前身本来是艘破船，那就是块儿浅滩！”他转过身，走出房间，离开了好一会儿。

回来时，他拿着一瓶白兰地，以及两只格外大的玻璃白兰地酒杯。他往两只杯子里都倒上不少酒，然后递给塔尔曼一杯。“敬你和米特尼克！”他轻蔑地说，“拉倒了南方豪宅的墙。招来了乌鸦，还招来了山羊！这是带的哪门子衰呀？”“我倒有个损主意。”塔尔曼说着，举起了酒杯，“敬穆博姆。愿他胡思

1　莱昂纳尔·巴里摩尔（Lionel Barrymore，1878—1954），美国电影演员。

Thurber

乱想，彻夜不眠，却永远找不到任何头绪。”“我才不要敬穆博姆，”小个子男人说，“我恨穆博姆。他们在哪儿抓到那个骗子的——就是有只手少了一根手指，戴手套遮掩的那个家伙，你知道吗？知道穆博姆要怎么样吗？穆博姆要那个小手指就那么空着晃来晃去！知道我要什么吗？我要给它塞上填充物。知道我要用什么填充吗？沙子。知道为什么吗？”“知道，”塔尔曼说，“这样他握住手杖头的时候，小指就会翘起来，他就暴露了。”小个子男人一下蹿起半天高，杯中的白兰地都溅了出来。“是手提箱！”他嘶声叫道，“不是手杖！是手提箱！他抓住手提箱的提手！”塔尔曼什么也没说，他闭上眼睛，兀自啜饮着白兰地——真是上好的白兰地啊。突然，他想抬头看一下，却发现主人家正牢牢盯着他，目光中满是无可奈何。“好吧，那就，手提箱吧。”小个子男人说，“手提箱就手提箱。我们犯不上为这些细枝末节争来争去。我是要给你讲我的故事，可不是随便什么人我都肯讲给他听的。”“理查德·哈丁·戴维斯偷了你的手指梗——把它用在了《加拉格尔》里。”塔尔曼说，“你可以告他。”小个子男人掉头走向自己的椅子，扑通一声坐下。“他不配，”他说，“他就像我脚底下的土，他不配。我才不稀罕搭理他。”

塔尔曼不慌不忙地喝完了杯中的白兰地。这时主人家的下巴已经耷拉到胸口了，眼皮也直发沉，忍不住要合上。塔尔曼等了几分钟，随后踮着脚朝大理石楼梯走去。他脱掉鞋子，小心翼翼地往楼上走。他才刚打开那扇沉重的大门，就听到小个子男人喊他的声音。“俗不可耐，你们全都是！”他喊道，“你去告诉穆博姆吧，就说这是我说的！所有躲在挂毯后面的人都吃我一箭！”“我会转告他的。”塔尔曼说，“晚安。白兰地非常顺口。”小个子男人根本没在听。他又开始走来走去，一手拿着空酒杯，一手夹着那支没点燃的雪茄，比比画画。塔尔曼走到外面，庭院里空气凉爽，他套上一只鞋，系紧鞋带。沉重的门扇在他背后砰地合上，他被这声巨响吓了一大跳。他当即拎起另一只鞋，没命地冲向树丛以及那些奇形怪状的植物。如今天亮了，他已经可以看清正在往哪里跑。[1]

---

1 瑟伯对好莱坞深恶痛绝，本篇即讽刺之作。

贝特曼回来了

Bateman
Comes Home

读过几本最新出版的，记述南方腹地的小说之后，与几位小说的作者一样，我也总把这几本书和《烟草之路》及《上帝小园地》弄混，谨以此文记之。

老内特·伯奇坐在他的小窝棚前一台锈迹斑斑、破烂不堪的老旧缝纫机上，他的这个小窝棚被称为“地狱之火”，在邻居和警察那里都颇有点儿小名气。他嚼着一块碎木头片，看着月亮懒洋洋地从墓地里升起来，他有九个女儿躺在那里，其中有两个是死的。他小声自言自语：“贝特曼不定准儿啥时候就回来了，还给他老爹带了一千块钱。反正贝特曼不会眼瞅着他老爹饿死。”房子里传来一道嘶哑的声音，嗓门儿很大，但没什么抑扬顿挫。“你就算下地狱，贝特曼也不会多看一眼。”那个声音说。

“哪个？”伯奇腾地站起来喊道，“是哪个在嚼贝特曼的舌头？全能的上帝哟！”他很快又坐下。因为他脚疼，他的一只脚生了坏疽，而另一只，天可怜见，当天早上在“地狱之火”后面的那片草地，也就是“地狱之穴”，被牛踩了。一个手里端着平底锅的女人出现在门口。艾佛瑞·伯奇干干瘦瘦，面有菜色，穿了件破破烂烂的旧天鹅绒夜礼服。“这种时候，你咋能那么说贝特曼呢。”伯奇说，“贝特曼是个好孩子。他1904年就出去闯荡，要给他爹挣一千块钱。”“鬼都不信。”艾佛瑞的语调比往常还要机械、死板，“你甭想着贝特曼给咱们大伙儿带回来什么一千块钱了。贝特曼要有一千块钱早自个儿找地方藏起来了。”她颤颤巍巍地走回屋里。“艾佛瑞疯了。”伯奇自言自语道。

一个大块头的女人沉着脸走进这个乱七八糟的小院子，她身后跟着一位穿紧身蓝西装的年轻男人。女人提了两只行李箱；年轻男人则抽着烟，用一柄巴掌大的小梳子梳头发。“谁呀？”伯奇直愣愣地冲着一片黑暗问道。“是我，你姐姐赛丽，”大块头的女人说，“累得像匹拉车的马。”年轻男人把香烟扔在地上，然后朝亮着火星的那头吐了口唾沫。“我妈在芝加哥开枪打了个警察，”他乖戾地说，“我们只得跑路了。”“你干啥朝警察开枪呀，赛丽？”伯奇问，他们姐弟已经有二十年没见过面了，“该死，你咋能随随便便干这种事！”“拉姆齐在说笑话儿，”赛丽说，“拉姆齐会讲好多笑话儿，他真的行。他好像就只有这个拿手。”“呸，闭上你的嘴吧，要不我就给你个大嘴巴好教你闭嘴。”拉姆齐说。他从未到过南方腹地，而且他也不喜欢这里。“什么时候吃饭？”他问。“到处都有人随随便便冲警察开枪。”伯奇嘟嘟囔囔，一瘸一拐地在院子里溜达，“好像到处都有人冲警察开枪，只有贝特曼不这样。贝特曼啊，他可是个好孩子。”艾佛瑞又出现在门口，手里还是拿着那只平底锅，然而他们没东西可吃，早在柯立芝[1]的第一届任期就是这样了，从此平底锅于她就只是一件武器了。“那是啥？”她皱着眉头，冲一片黑暗问道。月亮觉得累了，再一次沉入墓地后面。“你出来呀，你这咯咯叫的鸡婆，出来自己看。”拉姆齐说。“注意点儿！嘿，小子！”伯奇大喊一声，“你嘴巴给我放尊重点儿，真是该死！”“哈啰，艾佛瑞。”赛丽坐在一只行李箱上，她说，“我们来看你们。你不乐意吗？”艾佛瑞仍旧站在门口。

1 约翰·卡尔文·柯立芝（John Calvin Coolidge，1872—1933），第30任美国总统。

“我们都以为你们都在芝加哥呢。”艾佛瑞用她那副不冷不热的嗓音说。“我们都本来都在芝加哥，”拉姆齐说，“不过我们都在这儿了都[1]，如今全都。”他吐了口唾沫。“他说得倒也没错。”伯奇咯咯发笑。“上帝老天爷哟！你有没有给我带个一千块钱，小子？”他没头没脑地问道。“我才不会给任何人带什么一千块钱。”拉姆齐吼道，“你咋不自己去挣你那一千块钱，你这个老财迷？”“不许他管我叫财迷，艾佛瑞！”伯奇急道，“你就不行拿个啥给他一下子？就使那个平底锅给他一下！”艾佛瑞抄着平底锅直奔拉姆齐，结果被他劈手抢走了锅，反而教他给了自己脑袋一下。敲击声又沉又闷，像打屁股的那种声音。艾佛瑞昏倒在地，拉姆齐无精打采地坐到了她身上。“你们这儿是个什么鬼地方。”他说。

就在此刻，一位年轻的金发女郎跑进院子，她孱弱又单薄，然而在月光下（月亮又升起来了），她显得那样美丽。“你上哪儿去了，丫头？”伯奇问。“斐丝疯了，”他对其他人说道，“而且谁也说不明白这是为啥，我敢拍着良心说，她长这么大，虔

---

1 原文中艾佛瑞和拉姆齐频繁使用“all”（都）一词，此处保留了他们的语言特点。

诚的基督徒该有的教养我可从来没有哪儿亏待过她。听我说，丫头，你赛丽姑姑来看咱们了，真是要死了，咱家居然也没个人欢迎欢迎她。我所有的女儿两个星期前都走了，只有普鲁登斯不是。普鲁登斯走了有两年了。”斐丝在门廊上坐下来。“我和克雷在礼堂放了把火。”她说。伯奇拿了一根棍子削起来，说道：“克雷是她的第三个丈夫。我觉着吧，她应该多关心关心她的第五个丈夫，要不也该是第四个丈夫，但她就不。女人真是教人猜不透啊。好像，每回我扭个身儿，就有人在哪儿放了火。我就纳闷了，全美国还有没有没塌的房子呢？有啥贝特曼的消息吗，丫头？”“我谁都没见着，哪儿来的消息呀。”斐丝说。“瞧瞧，这就是我在这地狱之火拉扯大的姑娘，说起瞎话来眼都不眨。”伯奇说，“得啦，丫头，你都去放火了，咋可能谁都没见着呢。上帝爱大家，才教给世人这个真理。跟你赛丽姑姑说说话，丫头。她刚在芝加哥亲手杀了个警察。”“你真的杀了警察吗，赛丽姑姑？”斐丝问她。赛丽没有回答，而是冲着拉姆齐说：“你去手提箱上坐，让我坐在艾佛瑞身上歇会儿。”“照你妈说的做，小子。”伯奇说。“噢，闭嘴！”拉姆齐抽着烟回道。

邻居家的小伙子本·特尼普走进小院儿，他只穿了条背带裤，他这人脑袋有点儿不灵光，而且双侧肺都感染了肺炎。“俺就嗦了你们都准备好了吧。”他说着发出一阵干巴巴的尖声大笑。“是贝特曼！是贝特曼！”伯奇激动地说，他忍着钻心的疼痛，一瘸一拐地朝来人走去，“你给我带回来一千块钱了没，贝特曼？”艾佛瑞也走过来了，她刚掀翻了坐在她身上的拉姆齐，站了起来。“那不是贝特曼，你个老财迷。”她嗤之以鼻，“那不过是本·特尼普，而且他脑袋坏了，跟他妈生他难产过世前一个样儿。”“得了吧，女人，”伯奇说，“我还能认不得自个儿的儿子吗？你给你爹带回来一千块钱了没，贝特曼？”“俺就嗦了你们都准备好了。”本·特尼普说。他突然兴奋起来，声音变得异常尖锐。“他——好了，我——好了，你——好了，咱们——好了，”他尖声叫着，“再——个——见，再——个——见，再——个——见，死啦！”“贝特曼不会发疯的。”伯奇喃喃自语。他走回去，坐在缝纫机上。“好像每个人都会疯。这可，真让人难过。”他伤心地说。“白痴。”拉姆齐说道。

“俺猜，你们都看出来我准备好了吧？”本·特尼普挑衅地说，“咋样？俺能坐下不？”“得，得，你给我坐下，贝特曼。”伯奇说，“你再说一句‘你准备好了’，不等别人动手，我就要使艾佛瑞的平底锅呼你脑袋了。你给我坐下。”本就地一坐，开始用小木棍在地上挖洞。“我没给你带一千块钱。”本忽然说。伯奇跳起来。“全能的上帝呀！哈利路亚！”他嚷嚷着，“你听见这家伙说什么了没，艾佛瑞？贝特曼没……”

只要你写得够长，它就将成为一部长篇小说。

房间里的猫头鹰

There's an Owl in My Room

一天下午，我在某间演播厅的大屏幕上看到了格特鲁德·斯泰因[1]，听到她亲口朗读了一篇她的著名文章，就是写到“呜呼，草地上的鸽子”的那篇（想必您也清楚，这声叹息是出自斯泰因小姐的胸臆）。斯泰因小姐读完那篇写“呜呼，草地上的鸽子”的文章后，说道：“这不过是对一幅我见过很多次的景象所做的平铺直叙。”恕我不能苟同。“呜呼，草地上的鸽子”于斯泰因小姐本人的认知而言，或许只是平铺直叙，但对鸽子曾在这里降落、正在这里降落、将在这里降落的那块草地而言，并非什么平铺直叙。要真的描写鸽子落在卢森堡花园的

1　格特鲁德·斯泰因（Gertrude Stein，1874—1946），美国小说家、诗人、剧作家，代表作有《毛小姐与皮女士》《美国的地理历史：或人性与人类精神的关系》等。

草地上（我相信，这就是鸽子降落的地方），一则真正的平铺直叙理当是这样的，说到鸽子落在那里就只说鸽子正在那里降落。无论落在哪里，鸽子就只是鸽子，绝非悲伤的鸽子，亦非快乐的鸽子。

把“呜呼”这个词和鸽子联系起来，既不严谨，也讲不出任何道理。鸽子绝对不“呜呼”。他们跟“呜呼”完全没有关系，他们也跟“万岁”毫无瓜葛（即使你给他们系上红色、白色、蓝色的缎带，在音乐节上将他们放飞也一样）；他们跟“饶了我吧”和“过得去吧”也扯不上关系。小白兔可以，苏格兰㹴犬，以及冠蓝鸦，甚至河马，都可以，但鸽子不行。说来也巧，我对鸽子做过非常深入、具体的研究，同时也仔细研究了一下鸽子的影响力，或者说是缺乏影响力。我吃着早餐时，不时会有几只鸽子光顾我酒店房间外的窗台，而我就望着窗外。他们从来不曾因我“呜呼”，也从来不曾令我产生过“呜呼”的感觉；他们从来不曾令我产生过任何感觉。

没有任何人类、走兽或飞禽，能把戏演绎出鸽子那种味道。举个例子吧，有只鸽子落到我的窗台上，他发现了我，看到我穿了件蓝色的波点睡袍，正坐在椅子里冥思苦想，他把缩着的脖子探得老长，侧着头从眼角偷偷看我，完完全全（斯泰因小姐多半认为是的）就像个胆小的男人，藏在楼后面，从墙角探出头来，看是不是有什么长着蹄子的魔鬼跟踪他，还是那只是他自己脚步的回音。然而，根本没有什么“全世界都觉得他像个胆小的男人，藏在楼后面，从墙角探出头来，看是不是有什么长着蹄子的魔鬼跟踪他，还是那只是他自己脚步的回音”。原因则在于，鸽子是没有情感的，也没有激发别人情感的本事，鸽子在看就是鸽子在看。说到情感，与鸽子比起来，鱼简直称得上澎湃了。

一只鸽子的凝视不会令我哀伤或愉快，也不会令我怀有忧虑或希望，但是换了马，或牛，或狗则大为不同。尤其是狗，完全不可同日而语。有的狗看着我的眼神仿佛在说，我是个彻头彻尾的疯子，又或者他们才是彻头彻尾的疯子。我甚至敢放话，大多数狗看我的眼神都是那个意思。这不仅在我，也在狗的意识中调动起某种警觉或一目了然的恐惧，于是我们顺理成章地令一段关于风景的描绘活了起来，在那里，狗和我本人都有自己的角色，是情感的字符。因此，假如斯泰因小姐这样写——草地上有狗，当心，草地上有狗，当心，当心，草地上有狗，当心，爱丽丝——我根本不会觉得有什么不对，那就是对草地上有狗的一段平铺直叙。然而，不论任何作家硬要写一只鸽子令他忧伤，或令他随便怎么怎么样了，我非立即抗议不可，这只是某个个体产生的极度特殊化的异想天开的认知，因而，并不适合被当成其切实所见的平铺直叙。

不了解鸽子的人——只有你了解鸽子没有什么可供了解之处时，你才算了解了鸽子——不应随便描绘鸽子或鸽子的影响力。要论鸟类的影响力，所有鸟当中最接近于零的，非鸽子莫数。母鸡会令我感到尴尬，就好像我的老海蒂阿姨那样，想当初我都十二岁了，她仍认定我还小，不能自己洗澡；猫头鹰令我不安；如果我旁边有只老鹰，我就一直假装老鹰并不存在；还有，黄昏时的燕子能吓得我魂不附体。但是鸽子对我没有一丁点儿影响力。显然，他们对任何人都完全没有影响力，连小孩儿都不怕他们。所以，有那么多种鸟，却偏偏选中鸽子进行放飞，还给他们系上彩色的缎带，像是音乐节啊，图书馆剪彩啊，新飞船命名典礼啊都会有他们的身影。这样的场合，如果放飞的是一大群猫头鹰，必然会引发骚乱，喝倒彩的喝倒彩，吹口哨的吹口哨，扔椅子的扔椅子，有的人还会像中了魔咒一

样晕倒，还有，天知道还会有什么。

我坐的地方，透过窗子，可以看到哈佛俱乐部的屋顶，那里有一只鸽子，就只是一只鸽子。没有任何事物可以如同鸽子一般没有存在感，所有的人，都应该明了这个简单的事实，斯泰因小姐更应该明白。我看到鸽子后面那堵光秃秃的墙，他由无聊的灰砖垒成，麻木地试图在遗忘之中沉睡下去；鸽子下面，是哈佛俱乐部远离了滚滚红尘的窗户，他惊恐而困惑地瞪视着街对面的什么东西。而鸽子则只是屋顶上的一只鸽子，曾经是，现在是，而且永远都只会是一只鸽子。这是世上最浅显不过的事实了。如果你把那句话大声地读出来，你将立即领会我的意思。这是对屋顶上有只鸽子的平铺直叙。我得努努力才会留意到那只鸽子，然而那根阴沉沉的红色大铁管立即攫住我的视线，他沿着建筑物的一侧往上爬，想趁那根醉得有点儿歪歪斜斜，正嘶声尖叫的烟囱不注意，爬到他身上。

一只鸽子，不论他有什么作为，我都不会为他，或为我，或为这世界上的任何人感到遗憾，正如我所做所说的这一切都不会令鸽子为他本身感到遗憾一样。就算我把他的羽毛拔出来，也不会令他为自己难过，也不会令我为我本人，或为他感到难过。但是你去试试把豪猪的尖刺拔下来，或者再进一步，试着拔长耳野兔的毛看看。鸽子不曾，或者说得更准确一点儿，不能闯入我的意识，仿佛有只手在衣柜抽屉里四处摸索那样，把我的思绪搅乱，或从中扯出点儿什么来。即使我压根儿没有抵抗过。你满可以给鸽子穿上件小小的夜礼服，戴上顶小小的绸缎帽子，在他的翅膀下夹一根小小的金头手杖，然后让他于夜晚走进我的房间，我根本不会受到丝毫影响。我也不会大喊大叫："全能的上帝啊，鸟类主宰世界了！"然而，如果你把一只猫头鹰放进我的房间，即使蔽体的只有他与生俱来的羽毛，完全没搞别的什么花样，我也会拉高被子，脑袋钻到被子底下，惊声尖叫。

与鸽子的知其不可为而为之的境界相比，世间万物都远远有所不如。反过来，非不能也，实不为也的境界，鸽子同样一骑绝尘。

巴尼·哈勒的黑魔法

The Black Magic of Barney Haller

有些日子，天气会极其燠热。那天就是这样，才不过上午十点钟，就热得让人受不住了，亏我住的小山丘还有黑枫树的树荫挡一挡太阳。长长的门廊上热气逼人，我屁股下面的柳条椅不住嘴地发着牢骚。咖啡的味道变得寡淡，它带来的那份岁月静好、现世安稳的短暂幻觉也逐渐失了效。沉闷的雷声滚滚而来。我捧着书，突然有种感觉，要是我一抬头，准能看到巴尼·哈勒。我抬起头，果然，他正沿着小路走来，闪电在他肩头嬉戏，雷声像跟在他身后的一条小狗。

巴尼是我的雇工，或说曾经是。他体格健壮，性情温和，做事卖力，为人可靠，不是那种机灵鬼儿，但非常能干。然而，我有点儿怕他：他和魔鬼打交道。他说话时耳朵会抽动，但这其实不算什么，真正吓人的，是从他嘴巴里说出来的那些事。

有一年的六月下旬，突然天际像是挥过了几把雪亮的军刀，随之响起保龄球骨碌碌滚动的声音，我见状连忙躲进谷仓。我心里一直有种不祥的预感，我会被闪电击中，要么像株老苹果树一样被一劈两半，要么还能留下一条残腿，一到雨天就犯疼，并伴有习惯性晕倒的后遗症。我不是危言耸听，这都是确有其事的。这时巴尼进来了，他倒不是来躲雨的，而是来放长柄镰刀，这点儿暴风雨根本奈何不了他，要不就是他装作不当一回事。突然，他开了口，那是他第一次在我俩碰面时，说起那些令我脊背微微发凉的事情。他指着一栋房子。“有一次，我看见这艘船从大石头上掉下来。”他如是说。我从小就怕这些怪力乱神的东西：像是船从石头上掉下来啦，人误入了异度空间啦，雕像滴血啦，或古老的怨与梦化作月蛾，在午夜时分拍打着窗扉。

当然，我后来终于弄明白了巴尼那句话的意思——或者说，我安慰自己，相信他就是那个意思。他是说闪电劈下来，击中了那栋房子的避雷针[1]。没什么大不了的，这不过就是个司空

1 英文中船 boat 和闪电 bolt 读音接近，石头 rock 和避雷针 lightning rod 中的 rod 读音接近。

见惯的自然现象。我早应该翻篇儿了，我却一直笼罩在它的阴影之下。这个男人，看上去老老实实，散发着干草和皮革的气味，说起话来像是从查尔斯·福特[1]书中走出来的人物，又像刚从奥兹国回来的旅客。而且，闪电一直绕着他张牙舞爪。

如此闷热的上午，看到巴尼和亦步亦趋、忠实追随着他的暴风雨，我不由得皱起了眉头，又接着翻看起手上的那本《追忆逝水年华——去斯万家那边》。但愿巴尼看到我沉浸在书中，可以直接走开，就不要搭什么话了。我读道："……我觉得书里讲的就是我自己：教堂啊，四重奏啊，弗朗索瓦一世和查理五世之争啊……"我可以感觉到，巴尼就在旁边看着我，但我不看他。

"今天上午再过一会儿，"巴尼说，"我去森林里找点儿蓄鸡。"

"好呀。"说着我又翻了一页，做出一副读书入了迷的样子。巴尼走开了，他其实还想多说两句的，不过还是走开了。我又读了一两段之后，他开始插话了，打断我与文字的神交。"再过

1　查尔斯·霍伊·福特（Charles Hoy Fort，1874—1932），美国作家，专门调查超自然异常现象，著有《诅咒之书》《新土地》。

一会儿，我去森林里找点蓄鸡。”假如你平时也爱胡思乱想，很容易就能想象得出蓄鸡的样子。它们扑棱着翅膀闯入我的脑海：那是一种很丑陋的小生物，约莫和北美夜鹰差不多大小，唯其身上沾满了血浆、蜂蜜，以及教堂吊钟上刮下来的碎屑。蓄鸡……还有，眼前这位，我不禁追问，他看似雇工，却一直对我说着不知所谓的咒语，随手就向我降下噩运，这副皮囊内的真身究竟是谁，又或者是什么？

巴尼没有立即往森林去，他先去玉米地里除了草，又把草地上掉落的苹果树枝子捡干净，还把李子树上的一个黄蜂巢打了下来。雨已经下起来了，他却似乎毫无所觉。他不时吊起眼角偷偷看我一眼，我也一直用余光打量着他。“请问，现债几点了？”他终于冲着我喊了一声。我放下书，信步朝他走过去。“你什么时候去找蓄鸡，”我毋庸置疑地说，“我和你一起去。”我心里还是有数的，他才不想让我去。我果然没猜错，他声称自己就能弄到蓄鸡。“我和你一起去。”我寸步不让。我们对峙般看着彼此。接着，为防止他轻易猜透我的真实意图，我信口引述了一段诗：

我这就去清理牧场边的水泉
我停下来只为将枯叶扒干净
（我或许会等着看泉水又变清）：
我不会去太久——你也来吧。

我也明白，这实在算不上多漂亮的咒语，但它管用：巴尼一脸茫然地看着我。“好吧。”他期期艾艾地说。

“现在是十二点零五分。”我记得他刚刚问过时间，于是说道。

“那咱们走吧。”他对我说。随后，我们穿过雨幕，朝果园的篱笆墙跋涉而去。我们翻过篱笆，打开一道门，踏上一片草坡，坡顶就是森林。我有种预感，等到达森林深处某个适宜的位置后，巴尼会像人立的山羊那样跳来跳去，现出原形，撕掉这身雇工的外衣，抛却他日耳曼式的口音，一遍又一遍地呢哝恶魔的语言，用魔法召唤出蓄鸡。

就在我们即将进入森林之际，一道威力十足的闪电劈下来，跟着一个炸雷，隆隆之声不绝于耳。

我转身撒腿就跑，边跑边回头看，只见巴尼站在那里，目光紧紧锁住了我……

结果，就像船从岩石上掉下来一样，这事儿其实并没有什么玄机（表面如此而已）。蓄鸡其实就是“树枝”：他砍了一些小树的丫杈，撑在桃树的大枝下面，因为再过一段时间，到了果实累累的时候，那些树枝撑不住了，就会有折断的危险。没过多久，巴尼就又露面了，他把捡来的树枝一一插在需要的位置。我们之间也不必多说什么了，而且我看得出来，他也已经开始怀疑我了。

第二天傍晚六点钟左右，家里只剩下我一个人。我正在楼上睡觉，就听得前门廊传来巴尼的拍门声。我知道是他，是因为我听出他喊我的声音了。我慢腾腾地醒转过来。天色很暗，通常六点钟左右不应该这么暗。我听到隆隆的雷声，也看到倏忽闪现的光。巴尼就站在前门的门口，而暴风雨则随侍在他身后。我敢打包票，只有我家附近是这种风雨大作的样子，出了这个圈子绝对都风和日丽。若非恶魔或其某位代理人出手，小小一个街区怎么可能汇集了这么多的电闪雷鸣、狂风暴雨。

普鲁斯特，贡布雷的教堂，和泡在茶里吃的玛德莱娜小蛋糕，以及弗朗索瓦一世和查理五世争强斗胜，塞满了我的梦。我头晕目眩，起不来床，然而巴尼把门拍个不停。他又大声喊起来。这时天空划过一道闪电，紧接着炸开一声霹雳。我跳起来。我觉得，这一次他是来抓我的。我仿佛看见，他守在门口，打着赤脚，头上戴着葡萄藤编织的花环，一块兽皮斜披在肩上。我不想下楼，但我还是下去了。

他和平时没什么两样，健壮、温和，穿着雇工的衣裳。我走出去，站在门廊上，看着无法无天的暴风雨，恣意地施展着威风。“这样就太过分了吧？”我意有所指地说。巴尼看看大雨，一脸若无其事。“说吧，”我有点沉不住气了，“怎么了？”巴尼转了转那对有点斜视的蓝色小眼睛，看着我。

“我们现在去鸽罗吧，变成夯疯。”他说。

“听你的我怕不是中了邪！”我听了立即暗自嘀咕。我慌了神——你甚至可以说，我是吓破了胆——但我下定决心，绝不让人看出来。要是他开始吟唱什么咒语，或是画什么淫邪的咒符，或企图把我甩到肩膀上扛走，我会二话不说撒腿就跑，暴雨也好，闪电也好，什么都不管了，只管往最近的一处人家跑。我无法想象，我闯进人家家里，他们会怎么想，也不知道到时要对他们说点儿什么。但是我打定主意不跟这位面目和善的恶魔去什么鸽罗，变成夯疯。我尽力说服自己，这件事说开了肯定没什么大不了，就像岩石上的船、森林里的蓄鸡一样，夯疯其实就是个无伤大雅的玩意儿，但是雷声在我耳边咆哮，我心底只剩下了一个声音——终于到了这最后的时刻，巴尼·哈勒，或不管他真身是谁，决定要抓我了。我朝通往草坪的台阶走去，然后转过身，目光坚毅地面对他。

“你给我听着！”我突然嚷道，“你知不知道，就算不滑动，我也能繁殖滑菱鲆？你知不知道，蠢人没我早熟，懒人没我平庸？[1]怕了吧，还有呢，我想变成什么就变成什么；就算我是个夯疯，要是我不想当了，我就可以不当。我还能变成扑克牌，想变哪张就变哪张，有一次我变成了一张梅花 J，可惜我忘了摘眼镜，结果被人认出来了。我……”

巴尼不着痕迹地朝门廊种着矮牵牛花的花坛那头退去。他小小的蓝眼睛瞪得大大的。他心知肚明，这场交锋他已然一败涂地。“我想，我还是走吧。”说完，他立即钻进了雨幕。大雨

1　以上皆出自刘易斯·卡罗尔的小说《爱丽丝镜中奇遇记》。

一路追随着他越走越远。

如今，我早另外请了一位雇工。因为那天以后，巴尼再也没有回来过，他不再为我工作了。当然，后来我总算弄明白了他所谓的“鸽罗”和“夯疯”是什么。他口音实在太重了，他其实只是想告诉我，他要去“阁楼”上把“黄蜂”清掉。我的阁楼上有几千只黄蜂，新来的雇工非常害怕。而巴尼仅凭两只手就能把它们抓起来，扔出窗外，却不会挨蜇。我很确定，他和恶魔撇不清干系。但他的离开对我而言，仍是个莫大的遗憾。

不推不动的那辆车

The Car We Had to Push

—

许多人都在自传中描述过自己一家亲历的地震，像是林肯·斯蒂芬斯[1]和格特鲁德·阿瑟顿[2]。我却做不到，因为我们一家子从来不曾遭遇过地震，不过我们在哥伦布市的某些经历同地震相比也不差什么了。尤其令我印象深刻的是，我们曾有一辆老旧的雷欧牌汽车，得靠人力推好远一截，再猛不丁松开离合，才能开得起来。其实早几年，用曲柄转一下就能很轻松地发动引擎，但是经年累月，这辆车终于变得必须先靠人推，再松开离合，才能开得动了。一个人自然是推不动的，有时需要

1　林肯·斯蒂芬斯（Lincoln Steffens，1866—1936），美国记者、作家，曾参与推动 20 世纪初美国的“扒粪运动”，目的是打击腐败，促进改革。代表作《城市的耻辱》。

2　格特鲁德·阿瑟顿（Gertrude Atherton，1857—1948），美国小说家、编剧，代表作《被控告的女人》。

五六个人一齐上阵，这取决于路的坡度，以及路面的状况。这辆车的不寻常之处在于，它有一个踏板既管离合又管刹车，导致车启动后一个不小心就会踩熄火，结果还得再推一次。

我爸当年一推车就容易胃不舒服，就因为这个，他常常没办法去上班。他向来不待见这辆车，即使它还没坏的时候也不怎么喜欢，二十年前，或更久远的年代，我也是这样，对所有汽车都没兴趣，也信不过。和我搭伴儿上学的小男孩们认得出开过去的每一辆汽车：汤玛士·弗莱尔牌、费尔斯通·哥伦布牌、斯蒂文斯·杜耶牌、漫步者牌、温顿牌、怀特·斯蒂摩牌等等。我真的不行。但独独有那么一辆车令我着实为它着迷，就是我们称其为“快准备”的先生开着巡城的那台座驾——一辆大型的“红魔”，车厢尾部有一个门。“快准备”先生年纪挺大的了，又瘦又邋遢，有一对半疯不疯的眼睛和一副低沉的嗓音，他总拿着大喇叭四处冲人喊话，让大家做好准备迎接世界末日。“快准备！快准——备！”他就是这么吼的，“世界末日即将来临！”他的告诫如同夏日惊雷一般，总是在人意料之外的时间和场合猝然响起，令人心惊肉跳。我记得有一次，曼特尔剧团在“殖民地剧院”演出《李尔王》，埃德加的悲鸣，李尔王的咆哮，弄人的信口开河之中，忽然混入了“快准备”的喊叫，听着是从楼上的某个包厢里传出来的。当时剧场内漆黑一片，后台还在继续做雷声滚滚和闪电劈空的舞美效果。我和我爸都有幸躬逢其盛，结果都再也忘不了当时那番景象了，过程大概是这样的：

埃德加：汤姆冷着呢。——啊！哆嘀哆嘀哆嘀！——愿旋风不吹你，星星不把毒箭射你，瘟疫……恶魔害得我好苦！

（雷声落下）

李尔王：什么！他的女儿害得他变成这个样子吗？——

“快准备”：快准备！快准备！

埃德加：小雄鸡坐在高墩上：——

呵罗，呵罗，罗，罗！（闪电落下）

“快准备”：世界末日即将——来临！

弄人：这一个寒冷的夜晚将要使我们大家变成傻瓜和疯子。

埃德加：当心恶魔。孝顺你的爷娘——

“快准备”：快准——备！

埃德加：汤姆冷着呢！

有时需要五六个人一齐上阵

“快准备”：世——世——界末日即将来临！……

人们终于把他找了出来，他被赶出去的时候，都还没住嘴。在我们那个年代，殖民地剧院里同样的事情发生过可不止这一次。

还是接着聊那辆雷欧牌汽车吧。关于它，记忆中最开心的有那么几件事，其中一次发生在这辆车陪伴我们的第八个年头：我哥哥罗伊打厨房里搜罗了一大堆玩意儿，全兜在一块四四方方的帆布里，然后把布吊在了车底，上面还拴了根绳，只要一拉绳，帆布就歪了，里面兜的那些钢的铁的玩意儿就会叮叮当当地掉到地上。罗伊打这个鬼主意就是想吓爸爸一跳，谁让他总是觉得这辆车会爆炸呢。结果效果堪称完美。这件事已经过去二十五年了，不过如果有可能，我非常乐意回到过去再来一次，说来这辈子还没几件事是我愿意再来一次的。不过如今我已然明白，这是不可能的了。那是一个惬意的午后，车沿布莱登路快开到第十八街时，罗伊拉动了那条绳子。当时爸爸已经把帽子摘了，他闭着眼，享受着清爽的微风。想来柏油路上那一串丁零当啷的声音是何等惊心动魄：刀子、叉子、开罐器、

—

“快准备”

派饼烤盘、壶盖、饼干模具、长柄勺，以及打蛋器统统掉下来，无懈可击地合奏出一首连绵不绝、嘈嘈切切的噼啪曲。“快停车！”爸爸喊道。“停不了啊，”罗伊说，“引擎失灵了。”“全能的上帝啊！”爸爸低吟着，他知道罗伊这句话意味着什么，或者说，他知道这句话听起来可能意味着什么。

事情的结局就没那么欢乐了，因为我们最终不得不原路开回去，把掉落的东西都捡回来，毕竟就连我爸也分得清什么是汽车零件，什么是厨具餐具。不过，我妈就不见得了，她的妈妈估计也不行。比方说，我妈认为——或者不如说是知道——不加汽油就开车是非常危险的事：阀门，或别的什么东西吧，会着火。“我看你敢不加汽油就开着车到处跑！”我们要出发时，总能听到她这句警告。汽油、机油、水，这三者对她而言基本都一样，因为这，她白担了不少心，受了不少怕。不过，她最怕的还是那台胜利牌留声机——早在那首《来吧，约瑟芬，登上我的飞行器》流行的年代，我家就有一台留声机了，当然是那种特别老式的。她总觉得那台胜利牌留声机会爆炸。我们跟她解释了留声机既不用汽油，也不用电就能转，结果非但没能安抚她，反而害她胡思乱想起来。她只能得出这样的结论，

—

电漏得整栋房子到处都是

留声机是由某种未经测试的新型装置驱动的，随时都可能发生事故，害我们全家都沦为疯子爱迪生危险试验下的牺牲品及殉道者。相较而言，她觉得电话尚可接受，但也不是一直都可以，每当暴风雨来临时，她总把话筒摘下来，让它就那么耷拉着，也不知她东想西想都想了些什么。她的这份说不清道不明、没来由的恐惧自有其传承，我的外婆在世的最后几年就一直生活在极端恐惧之中，虽然不能用肉眼看到，但她深深地怀疑家里到处都有电漏出来。她认定，如果墙上的开关开着，电就会从空着的灯口漏出来。她四处转着，把灯泡拧进灯口，要是灯亮了，她就赶紧提心吊胆地把墙上的开关关掉，再回去接着读她的《皮尔森》或《人人》，同时为自己终止了一场漏电事故，既省了钱又保了命而感到沾沾自喜。别的，再多说什么她也是不会信了。

我们那辆可怜的老雷欧最终迎来了它悲惨的结局。都怪我们停车时，停得离路边太远了，占到了有轨电车行驶的路径。当时夜已经很深了，街上很暗，当头开过来的那辆有轨电车就被挡住了去路。我们疲惫的老汽车顿时像只落入猎犬口中的兔子，遭到有轨电车一连串残忍无情的对待，刚刚好像放了它一条生路，下一秒又一巴掌将它死死按住。轮胎发出扑哧漏气的声音，挡泥板咯咯作响，方向盘幽灵般地飞起来，随着一声悲痛的长啸，消失在富兰克林大道的方向，螺栓之类的小配件像轮转烟火飞旋的火花一样四处乱溅。场面蔚为壮观，当然，也令人心情沉痛（不包括有轨电车的司机，他可气坏了）。我觉得，我们当中有人崩溃了，且哭了出来。要不是有人哭哭啼啼的，爷爷绝对不会那么不依不饶。当时他的时间感已经紊乱了，汽车也好，别的什么也好，他根本不记得刚刚见过的东西了。他从人们的谈话、激动的情绪，以及哭泣中得出结论，那就是有人死了，而且他还不肯放过这个错觉。事实上，我们努力了大约一个星期，想方设法让他忘了这件事，但他仍然坚持，葬礼不能再拖下去，再拖这一家子都没脸见人了，这是罪过，是大不敬。“谁也没死！是汽车散架了！”我爸冲爷爷嚷，这是他第十三次试图把事情和老人家说明白。“他当时是喝醉了吗？”爷爷正色问道。“谁喝醉了？”我爸问他。“泽纳斯。”爷爷说。这下他连那个“死人”的名字都想到了：泽纳斯是他的弟弟，他确实是死了，但是并非因酒驾而死于车祸。泽纳斯 1866 年就过世了。南北战争爆发之初，这位时年二十一岁，性情敏感，甚至有点诗人气质的年轻人便去了南美——“就等到，”他在家信里这样写道，“战争结束再见吧。”战争结束后，他回来了，却染上了那几年夺去无数栗子树生命的疾病，与世长辞。这是历史上唯一一笔，请医树的大夫来给人喷药，我家人都对此感触良多，整个美国再没有别的人患上枯萎病。我们也有人觉得，泽纳斯的命运或多或少印证了某种诗意的天理循环。

这么说吧，鉴于爷爷已经知道死的是谁了，再像个没事人一样和他生活在同一屋檐下，就越发令人坐立难安。他动不动就大发雷霆，并且威胁要是不马上举行葬礼，他就要给卫生委员会写信。我们意识到必须做点儿什么了。最终，我们说动了爸爸的一位朋友假扮泽纳斯叔公，好让爷爷安心。他叫乔治·马丁，我们给他换上 19 世纪 60 年代的衣服，蓄了络腮胡，戴上海狸皮的高顶帽子，这位冒牌货看起来还真像那么回事，和我家相册里银版照片中的泽纳斯有几分相似。那个晚上令我终生难忘。我们刚吃过晚餐，这位“泽纳斯”走进客厅的那一刻，爷爷正骂骂咧咧地走来走去，每一步都重重踩在地板上。来客伸出双手。“克莱姆！”他朝爷爷叫道。我们这位鹰钩鼻子的高个儿老头儿缓缓转过身，将不速之客上下打量一番，冷哼

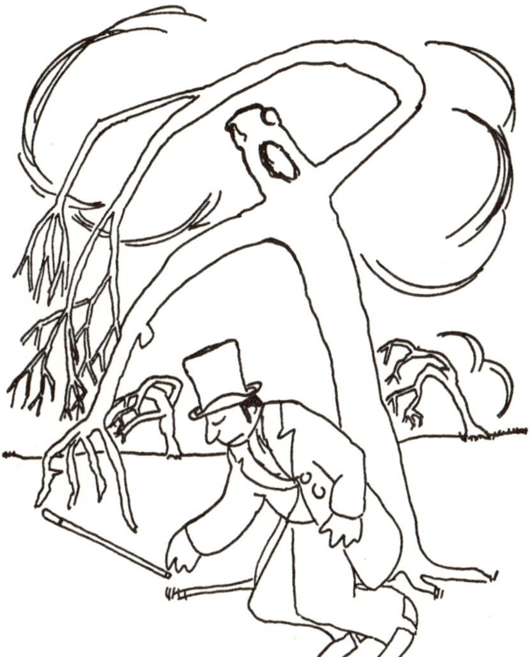

——

他染上了夺去无数栗子树生命的那种疾病

一声。“你谁啊？”他问话的嗓门儿很洪亮，但声音低沉。“我是泽纳斯啊！”马丁呼喊道，“你的弟弟泽纳斯啊，身体倍儿棒，壮壮实实的！”“泽纳斯个屁！”爷爷说道，“泽纳斯得了栗子树枯萎病，1866 年就死了！”

这种乘他不备，神智突然变得无比清明的时刻，总是令爷爷感到额外没有面子。那天晚上睡觉前，他已经明白那辆旧车已经报废了，还有因它的损毁而在这栋房子里引发的种种混乱。“整辆车都散架了，爸。”我妈告诉他，并把整场事故说得绘声绘色。“我就知道会这样，”爷爷气哼哼地说，“我不是早跟你们说过，买就买波普-托莱多这牌子的车。”

闹鬼那一夜

The Night the Ghost Got In

1915 年 11 月 17 日深夜，有鬼跑到我家来了，我真的很后悔，当初没有干脆躺回床上睡觉，让鬼爱怎么走就怎么走，这样的话，也不至于闹出后面那一连串的乌龙了。由于鬼的光临，不但我妈把一只鞋从窗户扔进了隔壁邻居家，我爷爷后来还开枪打中了一名巡警。所以我才说，我真的很后悔，要是我不理会那个脚步声就好了。

最开始是在凌晨一点一刻左右，餐厅里传来一阵速度很快，有节奏的脚步声，不停地绕着餐桌走。我妈在楼上睡觉，我弟弟赫尔曼睡隔壁；我爷爷睡在阁楼里那张老胡桃木床上，您没记错，就是某次把我爸压在底下的那张床。听到脚步声的时候，我刚从浴缸里出来，正拿毛巾胡乱擦干身子。那是个男人的脚步声，在楼下餐厅里快速绕着桌子走。浴室的灯光洒落在后楼梯上，楼梯下面就是餐厅；我看得到餐具架上摆放的盘子反射回来的微弱光线，但我看不到餐桌。脚步声绕着餐桌一圈又一圈；有一块木地板每隔一段时间便会咯吱一下，那就是被踩到了。一开始，我还以为那是我爸，或是我哥哥罗伊，他去印第安纳波利斯了，但随时都可能回来。后来，我又觉得那可能是个盗贼。我真的过了好久才想到，那其实是鬼。

脚步声持续了大概三分钟之后，我才踮着脚走到赫尔曼的房间。“扑哧！”黑暗中，我一边摇晃他，一边压低了声音想叫醒他。“噢呜。”他像只失魂落魄的小猎犬，发出绝望的低鸣——他总觉得半夜会有什么东西“找上”他。我告诉他我是谁。“楼下有东西！”我说。他爬起来，随我来到后楼梯的楼梯口。我们俩都屏息静听，什么声音都没有，脚步声停了。赫尔曼看了我一眼，吓了一跳：我全身上下只有腰上围了一块毛巾。他想回去睡觉，却被我抓住了胳膊。“楼下真的有东西！”我说。就在这时，脚步声又响起来了，仿佛有个男人在绕着餐桌跑，随后那沉重的脚步已经踩上楼梯了，朝我们一步两阶地跑过来。赫尔曼立即冲回房间，把门甩上。我则猛地关上楼梯口的门，用膝盖顶住。漫长的一分钟过去，我迟疑着将门重新打开——空空如也，什么声音也没有了。自那之后，我们全都再也没听到那个鬼的声音。

我妈被接连甩门的声音吵醒了，她从房间探出头来。“你们两个孩子到底在折腾什么？”她问道。赫尔曼奓着胆子走出卧室。“没啊。”他硬气地说，可惜他的脸色实在有点儿发青。“那楼下怎么有人跑来跑去的？”我妈问。所以说，她也听到那个脚步声了！我们只能看着她，给不了任何回应。“有小偷！”她一有想法就立即喊了出来。我不想让她太激动，便往楼下走了两步。

“跟我来，赫尔曼。”我说。

“我要陪妈妈，”他说，“她太激动了。”

我又往上走两步，回到了楼梯口。

“你们俩都一步也不许动，”我妈说，“咱们这就打电话报警。”然而，楼下才有电话，我实在想不出这样要怎么报警——况且我也不想惊动警察，但是我妈当即做出她这辈子最为果断、令人击节的决定之一。她卧室有一扇窗与邻居卧室的一扇窗正好两两对望，中间只隔了两栋房子间留出来的那条窄道儿，她推开窗，拎起一只鞋，奋力一扔，鞋便砸破了对面的窗玻璃，

他总觉得有什么东西会“找上”他

飞了进去。碎玻璃哗啦啦掉进了退休雕刻师鲍德威先生和他太太的卧室。近些年，鲍德威健康状况一直称不上好，时不时便会小小地“发个病”。我们大部分的朋友或邻居，或多或少都爱发个病。

当时是半夜两点左右，天空中不见了月亮，黑色的云块压得低低的。一分钟后，鲍德威便出现在窗口，一边嚷嚷，一边气哼哼地晃晃拳头。“我们早晚要卖了这栋房子，回皮奥里亚去。”鲍德威太太的声音传了过来。过了好一会儿，我妈才和鲍德威夫妇“搭上话”。“有贼！”她喊道，“家里进贼了！”我和赫尔曼谁都不敢告诉她，那不是贼，是鬼，因为比起贼，她更怕鬼。一开始，鲍德威还以为她是说他家里进贼了，不过他最后还是镇定下来，用他床边的电话分机帮我们报了警。他离开窗口后，我妈突然又摆出要扔鞋的架势，但这一次并没有什么还需要人家帮忙的地方，她稍后解释说，都怪扔鞋砸玻璃这事儿太刺激了，她好像有点儿上瘾了，是我拦住了她。

在这里要称赞警察一句，他们迅速赶到了现场：总共来了一辆四门福特车——满员，两台摩托车及其驾驶员，一辆警车，里面大概有八个人，还有几位记者。他们开始用力拍我家的前门。手电筒的光柱在墙面上来来回回地扫动，又掠过院子，照亮了我家和鲍德威家之间的小道儿。“开门！”一个沙哑的声音喊道，“我们是警察总局的！”既然他们都来了，我就想下楼去，让他们进来，但我妈不听。“你这样一丝不挂的，”她抓住了重点，“下去就是送死。”我把腰上的毛巾又裹了裹。最后，警察决定用肩膀撞门，我家的前门又大又重，还镶有厚厚的削边玻璃，但他们撞开了，我听到了木头开裂和玻璃摔在门厅地板上溅开的声音。他们手中的灯光不放过客厅的每一个角落，来到餐厅时则变得慌乱不安，横一下，竖一下，密集得简直交织成网，接着猛地扫向门厅，指向前楼梯，最后顺着后楼梯爬上来。他们看到了我围着毛巾站在楼上。一位块头挺大的警察冲上楼梯。“你是谁？”他问我。“我住这儿。”我说。“那，出了什么事，你太热了？”他问。事实是，我很冷；我回到房间，套上一条裤子。我正要出去，一位警察拿枪顶在了我的肋骨上。“你在这儿干什么？”他质问道。“我住这儿。”我回答。

带队的警官向我妈报告。“没发现有人入侵，女士，”他说，“八成是逃走了——他长什么样儿？”“他们有两三个人，”我妈说，“又吵又闹，还一个劲儿地甩门。”“这就有意思了，”这位警官说，“您所有的门窗都从里面反锁着，锁得可牢了。”

楼下传来其他警察杂沓的脚步声。家里到处都是警察，他们把门一扇扇拽开，抽屉也逐一拉出来，把窗子推上去又放下来，那闷闷的倒地声是把家具放倒了。楼上漆黑一片的前走廊突然冒出六名警察，他们要开始地毯式搜查了：他们把床一一从墙边拖开，把挂在衣橱里的衣服扯下来，搁板上的行李箱和大小盒子也都搬了下来。其中一位警察发现了罗伊在台球比赛中赢的那把旧齐特琴。“你看这个，乔。”他说着，用他那大手拨了几下琴弦。名叫乔的那名警察接过琴，把它翻了个个儿。“这是什么？”他问我。“是把旧齐特琴，我们家豚鼠以前在这上面睡觉。”我说。这是真的，我们以前养的那只宠物豚鼠就认准了这把琴，根本不肯换别的地方睡觉，不过我也的确没必要说出来。乔和另一名警察瞪了我好久，然后把齐特琴放回了架子上。

“什么都没发现。”最初和妈妈谈过话的那位警察说。“这一位，”他朝我挑了下大拇指，对他的同侪说，“光着身子。那位女士情绪似乎有点儿不稳定。”他们纷纷点头，但并未发表任何意见，只是看着我。这段短暂的沉默中，我们都听到阁楼传来吱嘎一声，是爷爷在床上翻了个身。“什么声音？”乔立即说道。我还来不及解释，也来不及阻止，五六名警员就冲向通往阁楼的那扇门。我已经想到了，他们像这样连个招呼都不打地冲进爷爷的房间，是要坏事的，其实就算提前打了招呼，也好不到哪里去。他当时的情况是这样的，他深信米德将军的人招架不住“石墙”·杰克逊的连续打击，开始撤退，甚至有人当了逃兵。[1]

我来到阁楼时，那儿已经乱成一锅粥了。爷爷显然得出结论，这些警察是米德手下的逃兵，想在他的阁楼藏身。他果断地跳下床，身上穿着件法兰绒长睡袍，睡袍底下是长长的羊毛内衣，头戴睡帽，胸前还罩了件皮夹克。警察想必立即想到了，这位义愤填膺的白发老头儿是这家的一员，然而他们没机会开口说话。“回去，你们这群畜生！”爷爷大吼道，“回到战场上去，你们这群胆小的畜生！”说完，他看准搜到齐特琴的那位警官，抡圆了给他侧脸一记大巴掌，把他打得四脚朝天。其他人连忙后退，可惜不够迅速，爷爷拔出齐特琴发现者枪套

1　美国内战期间，米德将军为北方军将领，托马斯·杰克逊为南方军将领，有“石墙”之称。

中的手枪，开了一枪。据说子弹射中了房梁弹开了，阁楼里满是硝烟。有位警察说了句粗话，并用手按住了肩膀。最后，我们又稀里糊涂地回到楼下，并锁上了阁楼的门，好拦住爷爷他老人家。黑暗中，他又开了一两枪，然后回去接着睡了。“那是我爷爷，”我上气不接下气地解释给乔听，“他以为你们是逃兵。”“看得出来。”乔说。

这场行动若最后以空手而归告终，警察们当然会心有不甘，可又不能抓我爷爷了事，实在不得已，他们今晚就只能自认倒霉了。然而，这个“结局”显然无法令他们满意，有些地方看起来——我可以理解他们的感受——很诡异。他们又开始刺探了。一位身形单薄、面容瘦削的记者找上了我。我已经穿上衣服了，一时找不到别的，就拿了我妈一件衬衫。记者半是怀疑半是兴味盎然地看着我。“告诉我吧，这到底是怎么回事啊，老弟？”他问。我决定和盘托出。“我家闹鬼了。”我说。他瞪了我好久好久，仿佛我是一台老虎机，吃了他刚刚塞进来的那枚硬币，就没动静了。然后，他离开了。警察跟了上去，被我爷爷射伤的那位，抱着打上绷带的胳膊，边骂边赌咒。“我早晚要把我的枪从那个老杀材那儿拿回来。”齐特琴发现者说。“哦。”

家里到处都有警察

乔应了一声。“当然是你，不然还能是谁呢？”我连忙表示隔天我会把枪送到警局去。

“那个警察怎么了？”他们走了之后，我妈才问。“爷爷开枪射中他了。”我说。“为什么射他呀？”她问。我告诉她，他是个逃兵。“难怪呢！”我妈说，“亏他长得那么体面。”

第二天早餐时，爷爷神清气爽，谈笑风生。起初，我们以为他把昨晚的事全忘了，但其实他还记得。喝到第三杯咖啡时，他瞪了我和赫尔曼一眼。“昨天晚上，那么多警察跑到我们家来放肆，是怎么回事？”他问道。我们一时竟不知从何说起。

花园里的独角兽

The Unicorn in the Garden

有这样一个阳光明媚的清晨，有一个男人坐在早餐桌前，品尝着他的炒鸡蛋，当他抬起头来，竟然看到花园里有一只长着金色尖角、毛色雪白的独角兽，正悄悄地咀嚼玫瑰花。男人连忙跑回楼上的卧室，那里他的太太睡得正熟，他于是叫醒了她。“花园里有只独角兽，”他说，“正在吃玫瑰花。”她只睁开一只眼睛，没什么好气地看着他。“神话里才有独角兽。”说完，她翻个身，把后脑勺转给他。男人迟疑地走下楼，来到花园里。独角兽还在，这一会儿，他已经开始嚼郁金香了。“来啊，独角兽。”他摘了一朵百合花，递给他。独角兽郑重地把花吃掉了。他的花园里有一只独角兽呢，他兴奋得不知如何是好，于是这个男人又跑上楼，再一次叫醒了太太。“那只独角兽，”他说，“吃了一朵百合花。”他的太太从床上坐起身，冷冰冰地看着他。

"你是笨蛋吗？"她说，"看我不把你送进精神病的窝。"男人一向不喜欢"笨蛋"和"精神病的窝"这两个词，尤其是这样一个蓬荜生辉的清晨，有一只独角兽光临了他的花园，这两个词更显粗鄙刺耳了。他想了一会儿，"咱们等着瞧吧。"他说道。接着他走到了门口。"他额头的中间长了一只金色的角。"他告诉她。然后，他回到了花园里，想再去看一看那只独角兽，然而独角兽已经不见了。男人在玫瑰花丛中坐下来，然后睡着了。

丈夫才走出房子，做妻子的就一刻也不耽误地起床、穿衣。她兴奋极了，眼睛里都闪着喜不自胜的光。她给警局打了电话，又给一位精神科医生打了电话，她告诉他们，快点儿到她家来，再带一件疯子穿的约束衣。不一会儿，警察和精神科医生都来了，他们坐在椅子上，怀着深深的探究看着她。"我的丈夫，"她说，"今天早上，看到一只独角兽。"警察看看精神科医生，精神科医生也看看警察。"他告诉我，那只独角兽吃了一朵百合花。"她说道。精神科医生看看警察，警察也瞥了一眼精神科医生。"他还告诉我，他的额头中间长了一只金色的角。"她接着说。精神科医生一个肯定的眼神，警察立即跳起来，一把抓住这位太太。他们费了好一番工夫才制服她，她挣扎得可厉害了，

不过最终还是敌不过对手。就在他们把她塞进那件疯子约束衣之际，做丈夫的回到了房子里。

“你有没有跟你的太太说过，你看到了一只独角兽？”警察问。“当然没有。”做丈夫的回答，“独角兽是神话里才有的神兽。”“这样就够了，”精神科医生说，“把她带走吧。很抱歉，先生，不过您的太太疯了，现在就和一只松鸡差不多。”结果，是她被带走了，尽管她又是诅咒又是尖叫，还是被关进了某机构。从此，做丈夫的过上了幸福的生活。

有据可考

You Could Look It Up

这一切是怎么开始的呢，还要从我们途经俄亥俄州哥伦布市那次说起，我们从匹兹堡到圣路易斯的半路上，去那儿打了一场表演赛。时序马上就要进入九月，虽说赛季的大部分时间我们都以六七场胜利的优势在联盟领跑，然而就目前而言，我们第一的位置已经岌岌可危，只领先圣路易斯半场球，这点优势微弱得简直可以从针眼儿里穿过去。赛事失利令小伙子们急得直跳脚，他们活像一群雷雨将至，却仍滞留在草坪游园会的老太太，没头苍蝇似的团团转，你怪我，我骂你，吃不好，睡不着，球队的平均打击率大概只有 0.186。通常，他们谁也不跟谁说话，非说不可的时候，都是在大声骂人。

球队当时的总教练是呱呱·玛格鲁，这人跟疯子差不多。他被称为“呱呱”，是因为事情一有什么不妙，他就会丧失语言能力，或基本丧失语言能力，而是一味冲你尖叫，洋娃娃或别的什么宝贝被人踩到的小女孩就是那个样子。人人都免不了挨他的吼，他却谁的话也听不进去，或许我算是例外。我带球队的小伙子们训练已经十年了，和别人相比，我的话他多少还肯听那么一点儿。他也清楚，我比他聪明，反正，往下看你自然就明白了。

那是在三十或是三十一年前，这都是有据可考的，就在同一年，哥伦布市决定更名为拱桥市，因为城市的主干道上空架起了很多安了电灯泡的铁拱桥。托玛斯·阿尔伯特·爱迪生给他们拍了封电报，他们加在了致辞里，甚至可能是由塔夫特总统亲自按下了某个按钮，从而开启了整场庆典。那个星期对七叶树之都[1]而言意义非凡，也正是因为这一点，他们才把我们请过去打这场表演赛。

其实，和匹兹堡刚刚结束的一天双赛，我们两场都输了，一场5比11，一场3比7，于是我们去哥伦布市的这一路大家一直在互相指责，直到抵达奇塔登酒店之后，这场架

1 代指俄亥俄州人。

都还没吵完。每个人的脾气都暴躁得一点就着，早餐时，比利·克林格拿了只袜子扔怀蒂·考特，怀蒂便把橘子酱泼了他一脸。

“尽管把对方弄瞎，我操什么心啊？”玛格鲁说，“反正，你们跟瞎子也没什么区别。”

哥伦布市以 3 比 2 的比分赢下了这场表演赛，与此同时，玛格鲁坐在场边的球员休息区，像个十四岁的苏格兰男孩儿那样嘀嘀咕咕，骂骂咧咧。他把球队的每个人都臭骂了一通，还把跟球队不相干的人也都捎带上了，其中就包括莱特兄弟。他说，他们怎么还没造出足够大的飞船，那样，我们球队随便哪个小伙子就都能一棒打中了。

“我还不如死了，”他跟我说，“我宁愿上天堂，去陪天使。”

我跟他说，让他振作起来，他再这样继续下去，没完没了地乱发脾气，骂骂咧咧，哼哼唧唧，孩子们就要被他逼疯了。我比他年长，也比他聪明，他心里其实也有数。说到对那个珍珠·杜·蒙维尔的看法，我的见地要比他高出十倍，我看到珍珠那个小矮子的第一眼，便开启了我这辈子最为悲惨的一段日子。

如今，珍珠多半用于女孩儿的名字，但这个珍珠·杜·蒙维尔是个男人，假如不过三十四五英寸[1]高的家伙也可称之为男人的话。珍珠·杜·蒙维尔是个侏儒。他有点儿法国的血统，还有点儿匈牙利的血统，或许还有点儿保加利亚或别的什么血统。我仿佛又看到了他，那张鞋拔子脸上挂着一丝冷笑，挥着竹节手杖，吸着大雪茄。他有一件灰西装，上面钉了一大块黑色的补丁，还有一顶灰色的呢帽，上头缀着七彩的帽带，那几年，小年轻们都爱这么打扮。他说话的声音像嘴巴前面罩着个铁罐似的，但没什么外国口音。你说不清他到底多大年纪，可能十五岁，也可能一百岁了。这就是珍珠·杜·蒙维尔。

虽说和哥伦布市队的比赛已然结束了，但去圣路易斯的火车还要再过三四个钟头才开，于是玛格鲁径直去了奇塔登酒吧，他找了个位置坐下来，边喝黑麦威士忌，边和酒保吐露心扉。

“你不知道我有多可怜，老兄。”玛格鲁对酒保说道，“我真是心疼自己。”他说话一向最钟爱这个调调。他坐在那儿，对酒保说，给一群蒙住眼睛的马戏团小丑当总教练多么令他痛心，

1 86～89厘米。

就在此时珍珠・杜・蒙维尔不知从哪儿冒了出来。

玛格鲁被吓了一大跳。起初，他以为八成是他的妄想症又犯了。他说自己曾经患过这种病，周遭突然冒出好多戴着红帽子、白帽子、蓝帽子的小人儿。

“走开，快！”玛格鲁嚷嚷道，“离我远一点儿！”

那个侏儒却爬上桌对面的一张椅子，和玛格鲁相对而坐，他说：“我看了今天那场比赛，小子，你那根本算不上球队。小子，你们那个充其量，”他说，“就是场助兴表演。”

“你说‘小子’是什么意思？”玛格鲁说着，摸了摸那个小矮子，想看他是不是真的。

“别搭理他了，先生。”酒保说，“珍珠管谁都叫‘小子’，因为不管对方多大，他总能比人家大一岁。”

“哦？”玛格鲁说，“他多大？”

“你多大了，小子？”侏儒说。

“谁，我吗？我五十三。”玛格鲁说。

“那么，我就五十四。”侏儒说。

玛格鲁一乐，问他要喝点儿什么，如果你不是特别抠字眼儿的话，他们美好的友谊便由此开启。

珍珠·杜·蒙维尔站上椅子，挥舞着他那根手杖，好像在为马戏团招徕生意似的。“来啊，朋友们！”他大呼小叫着，“快来瞧瞧这世界上顶级的怪胎大赏！来看没有胳膊的投手、没有眼睛的击球手、五根手指全是大拇指的内野手呀！”诸如此类，没完没了，这么说吧，简直让玛格鲁笑也不是，气也不是。

只听他和珍珠·杜·蒙维尔的大呼小叫和荒腔走板就这么飘上了奇塔登的四楼，而小伙子们正在那儿收拾行李。请您试想一下，到了要去车站的时候，当我们通通挤进酒吧门口，看到他们俩在那儿边唱歌儿，边折腾，心里该有多么不爽。

“哎哟，哎哟，哎哟，”玛格鲁说道，他一抬头，看到了我们，“看看这是谁……小丑们，这是珍珠·杜·蒙维尔，他可是一位老——老江湖了……别跟他们握手，珍珠，他们的手指头都是粉笔做的，一握就碎。”说完他立即爆出一阵大笑，珍珠也随之咯咯发笑，我们站在原地，刀子一样的目光冷冷地落在他们身上，他的这番作态已达到全民娱乐时代以来，棒球队总教练自甘堕落的下限了。

然后，侏儒开始向我们招徕生意了。“来啊！”他挥着手杖说，“来瞧瞧没有腿的跑垒手，长着黄油手的外野手，手臂发育不全的左撇子投手啊！”

紧接着，他和玛格鲁怪叫怪笑起来，你推我一下，我搡你一把，令人不由得纳闷，难道这个小矮子是世上最有趣的人，甚至比查理·卓别林还好笑？小伙子们什么也没说，鱼贯离开酒吧，朝联邦车站而去，而我被留了下来，对付玛格鲁和他新延揽的死党。

总之，我最终把他们俩都弄了出来。我不得不带上那个小矮子，因为玛格鲁的手紧紧抓着他，活像个钳子，我实在掰不开。

“他也一起来，就当是吉祥物。”玛格鲁说道，他像夹橄榄球那样，把侏儒夹在胳肢窝底下。而侏儒呢，一时呵斥一时哀求地高声抗议，还拿他的小拳头捶打玛格鲁，话说他要是不这样才怪了吧。

“松开，成吗，小子？”小矮子不停地哀号，“拜托，放开你老哥我吧，成吗，小子？”

然而他口中的这个小子依旧紧紧抓着他，同时嚷嚷起来：“来瞧瞧长了玻璃胳膊的人，脑袋里全是生铁的人，手腕上长了双脚的外野手啊！”

就这样，我们一行穿过联邦车站的这一路，惹得人们纷纷侧目，彼此窃窃私语，然而玛格鲁始终都不曾放开侏儒，直到把他带上车。

“没有牙刷，要我怎么跟你走啊？”侏儒质问道，“而且，我就这一身儿衣服，怎么办？”他又说一句。

“有博士在呢，”玛格鲁说，他指的是我——“博士会把你当亲生儿子那样照顾的，对吧，博士？”

我一记像刀一样的凶恶眼神朝他杀过去，不过他总算是到火车上了，而且大概衣服都没脱就去睡了。

于是，这里只剩下我和侏儒两人。“我说，”我对他说，“你何不趁现在回家去呢？明天早上，玛格鲁会把你忘得一干二净的。说不定，他会以为做了个噩梦，你是他梦里的人。而且，他早上可没那么随和爱笑，”我说，“所以，你何不回家去呢？”

“得了，”他对我说，“小妞，”他说，“你还是快走开吧，小心被人看到裙底风光。”[1]然后，他把手杖往车厢前的通过台一扔，像只猫一样追了过去。珍珠·杜·蒙维尔就这样跟着球队一起

1　20 世纪 20 年代流行于美国的俚语，意思是在被占便宜之前，请尽快离开。

去了圣路易斯。

第二天，我看到他们的第一眼是在早餐桌上，两人面对面坐着。侏儒在弹簧风琴，曲子是《稻草中的火鸡》[1]，而玛格鲁则盯着他的鸡蛋和培根，仿佛那是一只未曾烹饪，甚至羽毛都没拔的鸟。

“还记得你是在哪里找到这位的吗？”我挑着大拇指朝侏儒一比，“还是你觉得他们都是随火车餐附送的。”我说道。那段时间，我毒舌的功力简直炉火纯青。

侏儒放下琴，转头找上了我。“快打个喷嚏，”他说，“你脑袋里进灰了。”接着，他又从玻璃杯里蘸了点儿水，往我身上弹了几滴，“净化。”他故意用那种很低沉的声音说话。

啧，其实这两个笑话都是南北战争时期老掉牙的玩意儿了，可是瞧玛格鲁那样儿，你还以为这是什么新炮制出来的，他这辈子还没听过这么好笑的笑话。他笑得喘不上气来，侏儒也有样学样，于是我从他们旁边走开，去和巴格斯·考特尼及汉克·麦特斯一起坐，连一个眼色也不给过道对面那对傻了吧唧

1　美国古老的民歌之一。

的达蒙和皮西厄斯[1]。唉，朋友们，我们和圣路易斯的头场比赛最终因雨停赛，所以第二天我们得一天之内连赛两场。我之前大概说过吧，之前的三次一天双赛，我们都输了，六场球，约有多达二十五次失误，若是盲人学校的小朋友这个成绩还说得过去，但对要争世界冠军的球队而言可太丢人了。公园里湿漉漉的，不能去，而玛格鲁又不让我们看电影，因为那个年代银幕实在闪得厉害，所以我们只得干坐着，又烦又闷。

一位记者过来想拍一张比利·克林格和怀蒂·考特握手的照片——他想必是听说他们俩打架的事儿了——正当他们面对面站着，两手相握之际，比利后撤一大步，猛地一拽，给了怀蒂一个过肩摔，把他一下摔到房间的一角去，就好像他是一袋盐。怀蒂拎了把椅子反扑回来，伯利恒当场撒起欢儿来。结果相机像浆果篮一样，被踩得粉碎。当我们终于把两人分开之际，我听到一阵笑声，是玛格鲁和那个侏儒，他们站在门口，轻蔑地看着我们。

"摔跤选手，"玛格鲁冷冷地说，"我们的球队尽是这一号人

1 指莫逆之交。

物，杜·蒙维尔先生，摔跤选手——而且，不瞒您说，还是不怎么样的摔跤选手。”

“人不可能样样精通，”珍珠说，“不过总应该有一样拿得出手的绝活儿吧。”

这句话令玛格鲁又是一阵哈哈大笑，笑够了他们便一道离开了，侏儒像只猎犬似的跟在他身边，一个接一个地讲着自诩幽默的笑话。

第二天下午，我们出去迎接当天的连续两场与圣路易斯的比赛，小伙子们一个个像上了发条的锡制玩偶似的，坐立不安。第一场比赛，我们输了，比分是2比7。第二场比赛开局才不过十分钟，我们又以0比4落后。玛格鲁像尊石头雕像般僵坐着，谁也不理。之后，比赛来到第四局上半场，圣路易斯有人击出一记一垒安打，结果两人成功跑回本垒。

这一下，玛格鲁又忍不住呱呱叫了。“我只有一个愿望，”他说，“我宁愿给老太婆缝纫马戏团当总教练，也不想当这个球队的总教练了。”

“是呀，小子，是呀。”那个熟悉且讨人嫌的声音逢迎着。

又是那个珍珠·杜·蒙维尔，不知道从哪里冒了出来，挥着他那根竹节手杖，吸着得缩小到三分之一大，衬着他的脸才不觉得突兀的雪茄。到了这个关口，我们终于忍不住翻脸了，汉克·麦特斯拿球棒贴着地面横扫过去，侏儒被逼得跳起来，不然两只脚踝非骨折了不可。

依我看，玛格鲁的血管都快气爆了。“你要是伤到珍珠一根毫毛，看我不扭断你的脖子！”他叫嚣道。

汉克嘟囔了几句，朝本垒板走去，边走边挥了下球棒。

第六局轮到打击的半场我们拿下了几分，可惜第七局他们打击的那半场不但找回了场子，还比我们多拿了三分，这种考验对玛格鲁而言实在太严酷了。

“来，珍珠，”他说，“咱们离开这里。”

“你要去哪儿？”我问他。

“得再去见一见律师了。”他阴恻恻地说。

“我还不知道，你之前见过律师了。”我说。

“现在你明白了，多的是你不知道的事。”他说。

说完，他们就走了，那一天，我再也没见过他们，叨天之幸，也不知道他们干什么去了。当天的第二场比赛我们又输了，比分是 3 比 9，我们的排位顿时下落到第二名，在我们的认知中，假若排位再低一点儿，就根本不配被称为球队了。

第二天的一切，对所有事件的亲历者而言，回想起来都心有余悸。我们刚刚结束适应场地的练习，把球场交还给圣路易斯队，就在这时，我听到看台上传来了疑惑的声音，如同马儿闻到了风中飘来的可疑气味而紧张得咴咴嘶鸣。恐怕你已经猜到了，是珍珠·杜·蒙维尔闯入了观众的视野里。侏儒突然出现在球场上，他穿了一套迷你的球衣，包括袜子、帽子，胸前还绣着小小的字母，披挂得非常齐全。他还挥着一只儿童球棒，如果你忽略他抽着的雪茄，他看上去还挺像位货真价实的棒球选手的，只不过是你把显微镜倒过来用时看到那种。

巴格斯·考特尼上前，一把把雪茄从他嘴里抽出来扔掉。“你现在穿着球衣，站在球场上。”他仿佛法官一般严厉地对侏儒说，“你胆敢亵渎棒球的话，我会把你带到动物园去喂熊。”

珍珠却只是把没吸完的那口烟喷到了他脸上。

犯了四五次规之后，怀蒂被三振出局，而我则去找玛格鲁谈了一下。“假如我和你一样那么有幽默感，”我说，“我早就笑死了。”我接着又说，“你就这样对待球衣吗，非得要抹黑它？”

“我说了你可能不信，我本意并不是要抹黑球衣。”玛格鲁说，“珍珠·杜·蒙维尔已经成为这支所谓棒球队的正式球员，我已经在长途电话里和高层敲定了。”

“哈？”我说，“是啊。我仿佛都能听到迪尔沃斯先生或巴特·詹金斯先生亲口同意球队签下一个侏儒。好像他俩就在我面前那么真切。”迪尔沃斯先生是球队的老板，巴特·詹金斯先生则是部长，他们素来对各类出格的事零容忍。“我能否冒昧地问一下，”我说，“你是怎么跟他们说的？”

“我告诉他们，”他说，“我要签一个人，全联盟没有任何投手能把他三振出局。”

“啊哈，”我说，“那你有没有告诉他们，这个人有多高？”

“那不重要，”他说，“我拿到了文书，任命珍珠·杜·蒙维尔为这支名存实亡的棒球队的正式球员，手续正当且合法。也许这能激起那群巨婴一点羞耻心，让他们振作起来，让他们知道，只要我想，他们任何人都可以被一个侏儒取而代之。我找的那位圣路易斯的律师，我见了他两次，他告诉我，一切都是正当、合法的。”

“圣路易斯的律师当然这么说了。”我说，“我们的球衣代表着至高的荣耀，如今你被他哄得这样抹黑它，他岂不是再高兴不过了。”

唉，朋友，这些全都记录在了三十年前，或三十一年前的报纸上，一切都是有据可考的。比赛进行到第七局，双方都无人得分，不过是轮番上场，再被三振出局，对球迷而言，实在没什么好看的，于是他们的心思便被珍珠·杜·蒙维尔分掉了一大半，看看他又在干什么了。他就在球员休息区前面，翻跟头啦，把球棒顶在下巴上啦，走直线啦，诸如此类。球迷被他逗得又是鼓掌，又是哄笑，他照单全收，且等闲视之。

就这样，一直持续到第八局的局末，双方是风平对浪静，加总不过七八支安打，无人失误。这一局中，我方投手轻轻松松就送对方最先出场的两名击球手出局。接下来上场的小伙子名叫波特，要不就是比灵斯，或别的什么差不多的名字，他一棒挥出，球高高飞起，打在了烟草广告牌上，这是一记三垒打。下一位上场的击球手，第一棒就击出一记左侧的安打，这样一来，三垒手成功跑回本垒，得到了比赛进行到现在的第一分。观众欢呼起来，玛格鲁又是一脸快不行了的表情，就连侏儒也不再胡闹。他们下一位上场的击球手被接杀出局，而上一位击球手来到了三垒，于是我们便迎来了对手最后的几次挥棒，当时的心情就仿佛一群还在读书的小女生下到冰凉的水池里一样。我的心，比 1904 年，在三垒有人的情况下，钱斯伯第九局一记暴投，高地人队最终不得不将职棒大联盟的冠军旗帜拱手让人的那天还要凉。我知道要出大事了，而且致命程度绝不逊于那一次，结果证明，我果然拥有，或说当时那一刻拥有了未卜先知的能力。

哥迪·米尔斯击出了二垒安打，我不由得闭上了双眼。当我重新睁开眼时，看到达驰·穆勒站在二垒的垒包上，拍拍裤子上的土，这大概是他二十次站上垒板以来的第一支安打。接下来是哈利·罗辛，他朝我方投手挥了挥棒，结果被四坏球保送上垒，我方投手投掷第四球用的劲儿，大约就是你梳头的力道。

接下来轮到怀蒂·考特上场了，他是我方的核心球员。他蹲下身来，这在职业比赛中被认为是预备击球时最具震慑力的姿势，然而他这一击，球却落在了本垒附近。跟着轮到了比利·克林格，此时两人出局，一垒和二垒各有一人。比利选择挥棒的那个球，高度恰好足以打掉卡内尔的高顶大礼帽，不过他后来学聪明了，等待时机，结果他被四坏球保送上垒，于是，

一、二、三垒上都有我方跑垒员，我们满垒了。

没错，朋友，正如你所见：三垒手跑回本垒就能追平，二垒手跑回本垒就能反超，第九局上半，两人出局，汉克·麦特斯就要上场击球了。汉克的块头有如一台教皇牌汽车，但是他恐怕还不如塔夫特总统跑得快，不过本赛季他已有五支全垒打入账，就当时来讲，这个成绩可说是很不错。汉克是全队最强的击球手，看着他大步流星地朝垒板走去，令人全身的血液都沸腾了。然而，他最终未能踏上垒板。

“等一下！”玛格鲁一声大喝，一跃而起，“我要换人！”他还有后话。

这相当于在耳边引爆了一颗炸弹。当球队总教练说要用替补队员换下球队的王牌击球手时，不仅你知我知，而是尽人皆知，他这是失心疯了。

“你再不清醒一点儿，人家就要派送精神病的救护车来接你了。”我紧紧拉住他的胳膊说道。

然而他一把挣开，朝垒板跑去，边跑边喊道：“杜·蒙维尔换下汉克！”

全场顿时一片哗然，只有汉克例外，他呆呆地站着，注视着玛格鲁，仿佛他疯了，叫嚣着要给“泰”·柯布[1]当奶奶之类的。对方的投手双手撑腰，一脸令人不快的表情，司球裁判让玛格鲁别胡闹了，赶紧让击球手就位。玛格鲁向他重申了一次，汉克下，换杜·蒙维尔上场击球，这时圣路易斯的球队总教练终于明白过来这边发生了什么事。他立即从球员休息区跳出来，连声咆哮、大叫，如同他的七只小狗和狗妈妈全都不见了。

玛格鲁推着侏儒朝垒板走去，同时吩咐他道：“你只管站在那儿，把球棒举过肩膀。这世上不管谁想三振你，都得先试试四坏球保送你安全上垒！”他如是说。

“我懂，小子！”侏儒说，“看他四坏球保送我上垒，再送一人回本垒追平比分！”他趾高气扬地站上了垒板，仿佛他是威利·基勒似的（译注：韦·威利·基勒身高只有五英尺四英寸，但他的技术促使棒球规则发生了变化，使犯规的击数成为第三击）。

伯利恒也不必我说了，又在球场上撒起欢儿来。球迷也都

1　泰鲁斯·雷蒙·“泰”·柯布（Tyrus Raymond “Ty” Cobb，1886—1961），是棒球名人堂球员。1928 年退役时，他是九项美国职棒纪录的保持者。他也是首届棒球名人堂得票率最高的球员。

坐不住了，一片喧闹，还有人在吹口哨，而球场内的人也纷纷挥舞起手臂，互相推推搡搡，口出不逊。司球裁判大步朝玛格鲁走过去，他像个交警似的，不满地撇撇嘴巴，又伸出手指点点他，而圣路易斯的球队总教练还在嚷嚷，仿佛他房子着火了。珍珠踏上垒板，稳稳站住的那一刻，投手将手套一把掼到地上，上去跺了几脚，可是又有谁能责怪他呢。他刚刚送出两次四坏球保送上垒，对方还都是正常人的体格，而现在站在垒板上的这个家伙，肩膀到膝盖的好球范围，长度还不足二十英寸。

司球裁判找来司垒裁判，两人谈了好一会儿，就像第一次见到田园瘟疫或类似疾病的一组医生在会诊。随后，司球裁判双臂交叉抱在胸口，他来到玛格鲁跟前，对他说，别闹了，快点儿让击球手就位，要不然他就要判圣路易斯队得分了。他掏出手表，捏在手里，然而混乱中被人打掉了，要我说当时场内称得上是一场全员参与的大混战，大家互相叫嚣着，彼此推打，只有一个例外，那就是珍珠·杜·蒙维尔，他将那支小球棒举过肩膀，稳稳地站在垒板上，一块肌肉都没动。

接着，玛格鲁亮出了他的王牌。我看着他从口袋里掏出几份文件，塞到司球裁判手里。裁判开始一一查看，但他的表情仿佛在说，这哪儿来的账单，上面的东西非但不是他买的，而且他连听都没听过。另一位裁判则像是在看死刑执行令。而在这期间，圣路易斯队的总教练、球迷以及球员一直在叫喊。

咳，朋友，他们争执的内容包括，他是个侏儒，他用的是儿童球棒，以及整个赛季从来没见过这么个人哪。他们拿出了八九本规则手册，大伙儿一起狂翻，想看里面关于侏儒有没有什么说法，然而根本没有只字片语提到侏儒，因为纵观整个棒球史，从来没发生过这种事，甚至人们做梦也想不到会发生这种事，即使是在噩梦里。或许现在已经不可能再让侏儒上场打球了，因为很多老规矩都变了，而且大多越变越没规矩，但显然，当时是可以的。

最终，司球裁判认定合同文书全都正当、合法，正如玛格鲁一早说过的，于是他招手让圣路易斯的球员都各归其位，并且伸手指着他们的总教练，告诉他别再叫嚷了，赶紧回到球员休息区去。对方总教练说，比赛应否进行还有争议，但裁判大吼一声：“开球！”盖过了一切的喊声和嘘声，他有一把堪比猪倌儿的好嗓子。

圣路易斯的投手捡起手套，狠狠捶了六拳还是八拳，接着站上了投手丘，研究起形势来。球迷发觉他真打算朝侏儒投球，一下子都疯了，嘘声和反对的声浪前所未有地高涨，人们纷纷把汽水瓶、帽子，以及坐垫扔到球场上。过了足有五到十分钟场面才得到控制，球迷重新平静下来，与此同时，我方已经上垒的几人都坐在垒包上等待。而珍珠·杜·蒙维尔则严格遵守得到的指令，保持着球棒举过肩膀的姿势站在原地。

于是投手开始重新制定战术，你不得不承认，这是球员剃掉胡子，戴上手套以来，棒球史上最诡异的战术了。真希望我能叫得出那位投手的名字——不是老巴尼·佩尔蒂，也不是尼歌·杰克·鲍威尔，也不是哈利·豪威尔，他是位身材高大的右手投手，可惜我叫不出他的名字了。你可以查一下，都是有据可考的。就算半蹲着，捕手也比侏儒高得多，像矗立在他身后的华盛顿纪念碑。

司球裁判一开始打算踮脚站着，后来又试着半蹲，最终他采用了一种棒球场上前无古人的姿势，基本算是蹲坐在地上了。

呃，投手像空闲时间被赶去拉车的老马一样，心情恶劣。他第一个球投得又快又猛，大概在侏儒头顶上方两英尺处飞过。

“一坏球！”球场内沸腾了，人人都喊得比之前更卖力，不过裁判的吼声还是盖过了鼎沸般的声音。

捕手朝投手丘走过去，把球递给投手，同时跟他商量了几句。这一次，这位高大的右手投手选择尝试低球，结果比上次好一点儿，可能只比珍珠的头顶高一英尺，或一英尺半。要是站在那里的是一个正常体格的人，那这肯定会是一记好球，然而裁判到了非裁决不可的关口，他只能照章办事。

“两坏球！”他大吼一声。

捕手又一次朝投手丘走过去，内野的所有球员都凑过来，纷纷给投手出主意，要怎么应对眼下这种两坏球——无好球的情况，而且击球手根本应该被关在酒瓶子里，不应该出现在大联盟两支冠军争夺者同场竞技的垒板之上。

第三投，投手就那么干站着把球扔出来，像在陪小女孩儿玩接球游戏一样。

珍珠像根拴马桩一样站着一动不动，而球迎面越飞越近，飞得又慢又高——当然，所谓高是对珍珠而言，大约到他眼睛的高度，也就是说比一般成年男人的膝盖高一点。

裁判也别无选择，只得喊道：“三坏球！”

所有人都坐不住了，投手就要投出第四个球了，人群发出一阵阵欢呼尖叫。圣路易斯的球队总教练又是指手画脚，又是挤眉弄眼，活像个杂技演员，而内野手正在就这一球要怎么投给投手一些意见。我方的小伙子们则紧紧黏在垒包上，在可以确定最后一记仍是坏球之前，决不托大。

嗯，投手决定再喂给他一个陪练时投的球，这种球显然比头一个快球效果要好。还从来没人见过这么慢的球，看上去就像一只气球飘过来，大联盟历史上从来没人扔过比这还慢的球。球正对着垒板方向而来，当它快飞到珍珠胸前时，在珍珠眼里可能就像一轮满月那样大。自从祖辈清教徒建立起美国之后，还没有哪一刻像这一刻一样煎熬。

珍珠·杜·蒙维尔抓住这一球的机会，他挥棒击球了！玛格鲁发出一声呻吟，活像一头被砍了一斧头的骟牛，然而球落到了垒板前侧，滚到了内野区。

“好球！”裁判喊道，侏儒连忙以大约时速九十英尺跑向一垒，并且依然扛着他那支小球棒。伯利恒在球场上撒起欢儿来，看台上的观众也疯狂了。自从创世以来，还没有哪件事可与之相匹敌。

球滚得很慢，朝着三垒的方向，一直滚了有八到十英尺。

内野手飞速跑过去，而我们守垒的小伙子则像从着了火的灌木丛中蹿出来的兔子，撒腿往前冲。所有人都站了起来，欢呼喊叫，玛格鲁直揪头发，侏儒则还在朝着一垒奔驰，他跑得一颠一颠的，已经使出了嘴里叼着小书包的小腊肠犬全速前进的速度。

捕手先触到了球，但是他一脚把球踢出了投手区，投手为了接住球，摔了个嘴啃泥，游击手竭力伸长身体想要追上球，结果球被他一碰拐了弯儿，朝二垒手滚过去，而这时，穆勒跑回本垒追平了比分，罗辛已经跑过了三垒，只要跑回本垒，就能反超比分了。如果击球的是“泰”·柯布，刚才的短打，便足以令大家急得满地找球，从而完成一记三垒安打，但是珍珠仍然距垒包有十五到二十英尺的距离，蹒跚得像个婴儿，惨叫声如同一只落入陷阱的兔子。终于，二垒手捡到了球，并用力扔向一垒。一垒手接到了球，立即奋力踩上垒包，司垒裁判一扬手，珍珠出局，这就是古老的棒球比赛，所有比赛进入职业时代以来，史上最为疯狂的比赛。

对方球员都有点消沉了，这时，我看到了玛格鲁。他正在追珍珠，我从来没见过谁跑得这么快。珍珠看到他冲上来，连忙跑到司垒裁判身后，抱住裁判的腿。玛格鲁跑到他们跟前，气喘吁吁还不忘大吼大叫，他和珍珠绕着裁判玩起了“编玫瑰花环”的游戏[1]，裁判一只手要不停推开玛格鲁，另一只手则不断拍打侏儒，让他放开自己的腿。

最后，侏儒还是被玛格鲁抓到了，他叫唤得像只头被卡住了的羊。玛格鲁抓住这个小矮子的一双脚踝，把他甩了起来，在头顶转了一圈又一圈，仿佛他正在扔链球，而珍珠就是那个链球。谁也不想被撞掉脑袋，所以也没人能制止他，只好站在原地，向他喊话。这时，玛格鲁松手了，侏儒飞了出去。他朝二垒的方向飞去，飞得又高又快，如同一支人体全垒打，朝中外场的肥皂商标撞过去。

对方游击手奋力想接住他，但是做不到。我很清楚，一旦落到地面上，这个小矮子就会像掉到柏油路面上的廉价手表一样粉身碎骨。也是碰巧，对方的中外野手刚好走过二垒，他立即折返回来，想要跑到侏儒下方，侏儒已经开始像足球那样侧旋，不再是翻滚，这便给了他更充足的时间和距离。

1 一种转圈的儿童游戏。

我知道，你从来不曾见过侏儒被人接住，恐怕也从来不曾见过侏儒被扔出去。接住一个被某位肌肉发达的男人扔出，凌空飞来的侏儒，你得先跑到他下方，找准他的位置，伸出你的双手，接到他的时候，双手要向后且向下沉，以减缓他身体带来的冲击力，否则他会像根火柴般在你手中折成两段。我这一生见识过比尔·兰格、威利·基勒，以及特里斯·斯毕克完成的许多精彩的接球，但从未见过那个中外野手即将经历的一切。他后退，后退，再后退，将侏儒从半空中引向自己怀里，仿佛从摇篮里托起酣睡的婴儿。他的身上没有落下一丁点儿瘀青，只是脸色活像死猫的肉，胸腔里的空气也被榨干了。中外野手徒手接珍珠的时候，司垒裁判也跑过去了，此刻他依然无法按捺澎湃的心潮，遂运足中气喊道：“出局！”这使得伯利恒陷入歇斯底里，在球场上就折腾起来，脾气暴躁得有如尼亚加拉大瀑布。

大家吵呀，闹呀，叫呀，跑呀，球迷们纷纷拥到球场上，警察勉强维持着秩序，有的人在大笑，也有一些女球迷在哭，我们有七八个人拦着玛格鲁，不让他再靠近侏儒，免得他要了他的命。一些球迷把圣路易斯队的投手和中外野手抬起来，扛在肩膀上，开始绕场，他们是大西洋这一侧举办的职业赛事中，有史以来，人们所知最令人击节称叹的人物。

我瞧见珍珠·杜·蒙维尔在不断挣扎，一位胸部丰满的女性球迷把他搂在怀中，边哭边笑，他拿小拳头一个劲儿地打她，边骂边吼。他终于挣扎出一条路来，消失在了大长腿的森林中，球场因而看起来像是某个燠热夏日的科尼岛一般。

那是珍珠·杜·蒙维尔留给我的最后一眼。自从那天起，他对我而言是生不见人，死不见尸，谁也没有再见到过他。就像有人说的那样，他就这样人间蒸发了。作为比赛的结局，他被接住了，从而结束了他的比赛，这是他的结局。你也可以说，这是比赛的结局，我还将告诉你的是，这同样是我们一路连败的终点。

那个晚上，我们收拾好行囊踏上前往芝加哥的火车，然而，我们不再彼此诘责、吵吵闹闹了。是的，朋友，寒冰终于开裂，球队又迎来了新气象。随着珍珠·杜·蒙维尔的消失，那种失常的状态也不见了踪影，往日的活力又回来了。我们又可以一同欢笑玩闹，谈天说地，而且没过多久，玛格鲁也可以跟我们一起说笑了。他的脸上又有了正常人的表情，他不再怨天尤人，也不再许愿要上天堂，去陪天使。

啊哈，朋友，芝加哥的几场比赛我们大出风头，四场全胜，其中一场拿下了十七支安打。有趣的是，和我们的上一场比赛极大地挫伤了圣路易斯队的锐气，他们再也没能恢复元气。他们的中外野手对朝他飞过去的所有事物都失去了判断，其余的球员则追随了他的脚步，球队总是这样，一人倒霉，带衰全队。

我们离开芝加哥之前，我和几位球员出去了一趟，买了一双婴儿鞋，烫了金，当作纪念品送给了玛格鲁，而他欣然接受了这份礼物。怀蒂·考特和比利·克林格言归于好，又成了亲密无间的朋友，我们如同引爆了一吨炸药般送出一支又一支全垒打，从那时起，我们所向披靡。

三四十年过去，我的记性没有从前那么好了。我再也读不了那些蝇头小字，而我唯一可与之回味那段人们所谓全民娱乐之黄金岁月的人，是我的朋友老米尔特·克莱恩，他住在春田市，并且脑袋也不及以前好用了。

比如说，他会把鲁比·沃尔德和鲁比·马夸德[1]弄混，任何

1　二者均为美国著名职业棒球球员。

人犯了这样的错，都应当被远远送走，免得妨碍到别人。所以，我也无法确切地告诉你，我们以多大的优势赢得了冠军的头衔，也许是两场半的胜绩，也许是三场半。不过这些都记录在了三十年前或三十一年前的报纸及比赛档案中了，像我说的那样，全都有据可考。

图书在版编目（CIP）数据

白日梦想家 /（美）詹姆斯·格鲁佛·瑟伯（James Grover Thurber）著；徐昊译．-- 杭州：浙江教育出版社，2021.12（2022.2 重印）
ISBN 978-7-5722-1570-4

Ⅰ．①白… Ⅱ．①詹… ②徐… Ⅲ．①短篇小说－小说集－美国－现代 Ⅳ．①I712.45

中国版本图书馆 CIP 数据核字（2021）第 058841 号

责任编辑 赵清刚　　**美术编辑** 韩　波
责任校对 马立改　　**责任印务** 时小娟
特约策划 任　菲　　**特约编辑** 刘晨楚　刘　洋

白日梦想家
BAIRI MENGXIANGJIA

［美］詹姆斯·格鲁佛·瑟伯　著　　徐昊　译

出版发行　浙江教育出版社
（杭州市天目山路 40 号　电话：0571-85170300-80928）
印　　刷　嘉业印刷（天津）有限公司
开　　本　840mm × 1194mm　1/32
成品尺寸　140mm × 200mm
印　　张　9.5
字　　数　148000
版　　次　2021 年 12 月第 1 版
印　　次　2022 年 2 月第 2 次印刷
标准书号　ISBN 978-7-5722-1570-4
定　　价　48.00 元